COP CRAFT

Dragnet Mirage Reloaded

Shouji Gato + Range Murata

[Kei Matoba]
AFFILIATION : San-Teresa Police Department
CLASS : detective sergeant
RACE : Japanese
CAREER : ex-soldier, JSDF, UNF(SOG)
[Tilarna Exedilika]
AFFILIATION : The Knights of Mirvor, The Kingdom of Farbani
CLASS : balsh(squire)
RACE : Semanian
CAREER : studied under the sword master of Vledeni

TWO WORLDS,
TWO JUSTICES.

人物紹介

ケイ・マトバ
サンテレサ市警、特別風紀班の刑事。

ティラナ・エクゼディリカ
ファルバーニ王国の騎士。セマーニ人。

リック・フューリィ
特別風紀班の刑事。マトバの相棒。

トニー・マクビー
特別風紀班の刑事。マトバの同僚。

ジャック・ロス
特別風紀班の主任。警部。

セシル・エップス
検死官。

ビズ・オニール
自称牧師の情報屋。

ケニー
オニールの秘書兼用心棒。

エルバジ
クラブ経営者。セマーニ人の元貴族。

ゼラーダ
エルバジの家臣。セマーニ人の魔術師。

まったく腹立たしいことに、そのフィリピン人たちは取引の時間に四〇分も遅れてやってきた。

いや、四一分だ。

ケイ・マトバは車内の時計をにらみつけると、いまいましげに舌打ちした。マトバも時間にはルーズなたちだったが、ここまで人を待たせておいて、あんなのんきに歩いてくる連中の神経が信じられなかった。一ブロック先の街灯の下をゆるゆると、こちらに近づいてくる二つの人影。まるで犬の散歩じゃないか。

「そうイライラしなさんな、大将」

と、助手席のリック・フューリィが言った。

「親の葬式にだって遅刻するような連中だ。いちいち腹を立ててたら、こっちの身がもたないぜ」

「わかってる。わかってるけどな……」

マトバは不機嫌な声でつぶやくと、天井のバイザーミラーで自分の身なりを軽くチェックした。

落ち着いた光沢を放つベルサーチのスーツ。撫《な》でつけた黒髪。端正な眉目《びもく》。まる二日帰宅していないので無精《ぶしょう》ひげがうっすら浮かんでいるが、そこそこに羽振りのいい仲買人《バイヤー》としては及第点だ。こういう業界でしたたかにやっている男らしく、元来の荒っぽさを高級品で巧妙に隠しているように見える。

「このあと約束があるんだよ」

「女と？」

フューリィの質問にどう答えるか、ほんの数秒考えた。事情を説明するのが面倒なので、マトバは適当に肯定しておくことにした。

「まあ、そんなところだな」

「うらやましいねえ。こちとらカミさんと一週間、ろくに口もきいてないってのに」

「別にうらやまれる関係でもない。近づけば互いに傷つけあってばかりの相手だしな」

マトバがぼやくと、フューリィは小さなうなり声をあげて笑った。

「いやいや、そういう刺激がいいんじゃないのかね。男女の道ってのは」

「すこしもよくねえよ」

「若きケイ・マトバの悩みってところだな。……行こうか」

「ああ、さっさと片づけよう」

取引相手のフィリピン人はすぐそこまで来ていた。

車のドアを開け、夜の路地裏に出る。後生《ごしょう》大事に膝《ひざ》の上にのせていた『サブウェイ』の紙袋をつかみ、フューリィも続く。

あたりに人気《ひとけ》はなく、夕方の雨で出来た水たまりが街灯の光に照らされ、白く輝いていた。

表通りでは人の往来も多く、店じまいの時間もまだ先でにぎわっていたが、ここはもう深夜だった。問題のフィリピン人は二人きりで、どちらもプリントTシャツ姿。片方は古くさいラジカセを、もう片方は黒いボストンバッグを持っている。

車の前に出たマトバとフューリィと、二人のフィリピン人が向かい合う。フィリピン人が詮索《せんさく》するような目で彼らを観察する。マトバは大柄で肩幅が広い。フューリィは細身で肩幅が狭い。並んで立つと妙な対照をなしている。

「で、カネは？」

前置きもなく、フィリピン人のひとり、『5―0《ファイヴ・オー》』なる数字がプリントされたTシャツのほうがたずねてきた。

「はん。一、時間も待たせやがって。何様のつもりだ？　いつ警察《サツ》が通るかヒヤヒヤもんだったぞ」

両手をスラックスのポケットに突っ込んだまま、マトバは言った。

「ミスター。カネはあるのか、ないのか」

「うるせえ。おまえらこそブツは持ってきたのか。『産地直送』の上物《じょうもの》って話だから、この取引にも乗ってやったんだ。とっとと見せろ、うすのろどもが」

マトバの言葉にもう一人のフィリピン人、ピースマークのプリントTシャツの男が顔色を変えた。

「うすのろと言ったか？　いまうすのろと？」

「何度も言わなきゃわからねえのか？　だからうすのろなんだよ」

挑むような『ピースマーク』の視線を、マトバは鷹揚《おうよう》に受け止める。いまにもつかみ合いになりそうな二人の間に、フューリィが割って入った。

「まあ待てって。お互いビジネスなんだ。つまらんいさかいはやめて、用事を済ませようじゃないか。この通りカネはあるんだ」

手にした紙袋から、フューリィが札束を取り出してちらつかせた。一〇〇ドル札が一〇〇枚。それが八束。

「しめて八万だ。わざわざフイにする理由もないだろう？」

たちまち男たちの目の色が変わった。努めて平静を装っているようだったが、フューリィの札束が左右に動くたびに、彼らの視線が忠実にそれを追う。まるでビーフジャーキーを差し出された愛玩犬《あいがんけん》みたいだ。

「わかっただろう。さっさとブツを出せ」

マトバが言うと、『5―0《ファイヴ・オー》』の男がボストンバッグを探り、中から強化ガラス製のボトルをとりだした。長さはおおよそ三〇㎝くらい。上端に小型のコンプレッサーがついていて、かすかなモーター音をうならせている。ボトルの中身に空気を送り込むだけの雑な装置だ。

わずかな街灯の光を受けて、ガラスの中で『商品』が動いた。無数の気泡が浮かぶ半透明の液体。そのリンゲル液に浸《つ》かった、小さな人間のシルエット。

裸の女の形だ。

ほっそりとした白い手足。

ゆらゆらと揺れる金色の髪。

「どうだね。本物の『妖精』だ、ミスター」

それは人形などではなかった。間違いなく生きている。

小指の先ほどしかない小さな手のひらを、ガラスの内側にはりつかせ、かすかな光の中で身じろぎしている。

「弱ってるな」

ガラスの中の生き物を注意深く観察して、マトバは言った。

「ノー、ノー。まだまだ元気だ、ミスター。移動で疲れてるだけだろう。向こうで捕まえて一週間もたってないそうだからな」

なるほど、これくらい状態のいい『妖精』も、最近ではなかなかお目にかかれない。それなりの設備で『加工』すれば、純度の高い『妖精の塵《フェアリー・ダスト》』を生産できることだろう。コカインもヘロインも及ばない、至福の時間を与えてくれる魔法の粉。末端価格なら数十万ドルになるし、市外のルートに転売するだけでも相当な儲《もう》けになる。

「まあ、なかなかの商品だ。そう思わんか、ケイ?」

フューリィが言った。

「ああ、悪くない。一時間も待ったかいがあったってもんだ」

マトバが緊張をとき、やっと笑顔らしい笑顔を見せた。

フューリィも笑い、二人のフィリピン人も顔をほころばせた。薄暗い路地裏で、四人の男がそれぞれ満足そうに笑った。

「さあ、持っていけよ、代金だ」

フューリィが札束の入った紙袋を、ぽいと投げてよこすと、男たちの笑顔はさらに晴れやかになった。

「ありがとう、ミスター。ありがとう」

「うれしいか?　よかった。俺《おれ》もおかげでご機嫌だよ。なにしろ、これでやっと本題に入れるってわけなんだからな」

満面の笑みを浮かべたまま、マトバはスーツの下のヒップ・ホルスターから自動拳銃《けんじゅう》を引き抜き、無造作にフィリピン人たちに向けた。同時に左手で手帳入れを開き、中のバッジとIDを相手に見せてやった。

「サンテレサ市警《SТPD》だ。おまえらを逮捕する」

男たちの笑顔は凍り付いたが、マトバとフューリィはいまだににやにやとしたままだった。

「罪状は誘拐《ゆうかい》と人身売買だ。その妖精は商品じゃない。法的にはセマーニ世界の市民になる。重罪だぜ。では、その市民様とカネを地面に置いて、両手をあげて膝《ひざ》をつけ」

「て、てめえらデカか」

「だからうすのろなんだよ。ほらほら、さっさと言われた通りにしろ。膝をつくんだ、膝を。知ってるか？　膝《ニー》。『セサミ・ストリート』で習っただろ、え？」

マトバとフューリィの銃口を前に、二人のチンピラは一瞬躊躇《ちゅうちょ》した。逃げ出そうかと身構え、この路地が長い直線なのを思い出し、銃撃を浴びずに走り去るのは無理だと察して、互いに顔を見合わせ——ようやく膝をついた。せめてもの抵抗は悪態をつくことだけだった。

「ちくしょう、ハメやがったな！　くそったれのポリ公どもめ！」

「いやはや、お下品だな。リック、権利を聞かせてやれよ」

油断なく銃を構えたまま、ひざまずいたピースマークに歩み寄るフューリィが、肩をすくめた。

「任せるよ、ケイ」

「じゃあちょいと唄《うた》ってやろうか。よく聞けよ？　おまえらには黙秘権がある。あらゆる陳述や『くそったれ』みたいなお下劣ワードは、裁判で不利な証拠《しょうこ》になりうる。それからおまえらには弁護士を雇う権利がある。その費用がない場合は……つまりあのずる賢いおじゃま虫どもにくれてやるゼニがない場合は、市民の血税をクソと一緒に便所に流すつもりで、政府が官選弁護人を付けてやる。どうだ、ありがたくて涙が出るだろ。泣いてもいいんだぜ。ほら、泣けって」

「サツめ、地獄におちやがれ！」

「おお、勇ましいねえ」

マトバは悪態をつく『5―0《ファイヴ・オー》』の男に手錠をかけ、手荒に引っ立てた。フューリィも同様で、『ピースマーク』の拘束《こうそく》を終え、そばの路面に置かれた札束とボストンバッグを拾い上げようとしているところだった。

あとはこの二人を車に放り込み、本部へと帰るだけだ。

異変はそのとき起きた。

ごきん、という異音。マトバがフューリィの方を振り返ると、手錠をかけられていたはずの『ピースマーク』が、自由になった両手で相棒につかみかかっているところだった。

どうやって手錠を？

すぐにわかった。男の手首が血にまみれ、ぶらぶらとしている。

自分の骨が砕け、皮がはがれるのもかまわずに、すさまじい力で強引に手錠から手首を引き抜いたのだ。

「リッ……」

あまりにも一瞬のことで、そうつぶやくのが精一杯だった。さっきまでただのチンピラだったはずの男は、無言でリック・フューリィの喉首《のどくび》をつかむと、自《みずか》らの手首を破壊したのと同じ怪力を彼にふるった。

フューリィの喉から小さな悲鳴が漏《も》れる。彼の首が異様な方向に曲がった。

「リック……！」

マトバは『ピースマーク』に自動拳銃《けんじゅう》を向け、躊躇《ちゅうちょ》なく発砲した。九ミリ弾が突き刺さり、男の体が小刻みに身震いする。

三発のホローポイント弾を食らっても、男は倒れなかった。何事もなかったように――そう、痛みなど微塵《みじん》も感じていないかのように、ぐったりとしたフューリィの体をマトバめがけて突き飛ばした。

「!!」

その力もまた猛烈だった。重たいサンドバッグを時速数十キロで叩《たた》きつけられたような一撃。マトバは相棒の体ごと、背後の壁に叩きつけられた。衝撃で気が遠くなり、肺から息が漏れる。

化け物じみた力を発揮した男は、路面に落ちていた二つの荷物のうち一つ――札束入りの紙袋ではなく、『妖精』の入ったボストンバッグの方を摑《つか》みあげた。

「ま……」

まて。あまりの痛みに、その言葉さえ出なかった。

「いと弱き蛮人よ《ドリーナ・メタ・バデリイ・ナ》」

マトバを睥睨《へいげい》し、『ピースマーク』の男が言った。

「そのようなまやかしの道具では、我が従僕となったこの者は倒せぬ。《イ・ザーデ・メーヤジ、ゾナ・ベリーヤ・ニコシエ・ゲンナ・ヤーゴ・イエ・ノイ》この娘は返してもらうぞ。《ゾナ・ザニーエン・ビーエ・ゲンナ・ネーライ》もとより我が手に来たるはずの者であったゆえに《ビーゼンナリ、ノーゼ・ダアル・フィエル・メゼーダ・デマメイヤ・レーメ・ノイ・アグシカ》」

ファルバーニ語だ。向こうの人間……そう、あのくそったれな連中。このフィリピン人は何者かに操《あやつ》られている。マトバは歯を食いしばると、改めて拳銃《けんじゅう》を男に向けた。

「ふざけるな、宇宙人め。両手をあげて、膝《ひざ》を――」

男がにんまりと唇を引きつらせた。

凶暴な笑みだった。そこいらのチンピラではありえない凄絶《せいぜつ》な眼光。マトバはかつて、同じような相貌《そうぼう》と視線を目《ま》の当たりにしたことがあった。ずっと昔、もう過去のものとなったはずのあの戦争で。

殺《や》られる。

そう思った直後、『ピースマーク』の男は身をひるがえし、かすかなうなり声をあげてその場を駆け去っていった。水たまりを蹴《け》立てる小刻みな足音。街灯の光が届かない路地裏の闇《やみ》の中へ、男の後ろ姿がかき消えていく。

追おうかとも思った。だが体が痛くて、まともに立つことさえできない。

「………っ」

残されたもう一人のフィリピン人――『5―0《ファイヴ・オー》』の男は、路地の片隅で身を縮めて、がたがたと震えている。マトバはあえぎながら、自分に覆い被《かぶ》さるようにして倒れているフューリィの様子を見た。

「リック」

返事はなかった。

頸椎《けいつい》をきれいにまっぷたつに折られて、リック・フューリィ刑事は両目を見開いたまま息絶えていた。この街で刑事になって以来、四年も組んできた相棒は、なにも言い残すことなく死んでしまった。

簡単なおとり捜査のはずだったのに。

一週間、口を利いてなかったという彼の女房。彼女になんと説明すればいいのか。

「リック……くそっ」

どこか遠くで、パトカーのサイレンが鳴り響いていた。

一五年前。

太平洋上に、未知の超空間ゲートが出現した。常に形を変え、おぼろなまま揺れ動くそのゲート群の向こうに存在していたのは、妖精や魔物のすむ奇妙な異世界だった。

『レト・セマーニ』。

それは向こう側の世界に住む人々の言葉で、『人間の土地』という意味である。そして両世界の人類は、何度かの争いを経ながらも交流の道を模索し続けていた。

カリアエナ島、サンテレサ市。

超空間ゲートと共に太平洋上に現れたこの巨大な陸地と、その北端に建設されたこの都市は、地球側・人類世界の玄関口にあたる。

二〇〇万を越える両世界の移民。
雑多な民族と多彩な文化。
そして持てる者と、持たざる者。

ここは世界で最も新しく、また最も活気に満ちた『夢の街』である。
だがその混沌の影には、数々の犯罪がうごめいていた。セマーニ世界の魔法的物品と、地球側の兵器や薬物が裏取引され、かつてなかった文明摩擦を生み出している。

この街の治安を預かるサンテレサ市警察は、常にそうした特殊な事件、特殊な犯罪に立ち向かっているのだ……

RAFT

DRAGNET MIRAGE RELOADED

COP C

1

リック・フューリィ刑事を殺害し、妖精を持ち去った『ピースマーク』の男は、三〇分後、現場から二キロ離れた道路の脇、大型のダストボックスの横で発見された。

すでに死亡しており、妖精はいなかった。

発見したのは巡回中のパトカー。死因は多発銃創《じゅうそう》による出血と臓器の損傷。マトバの撃った銃弾によるものだ。普通なら三分かそこらで臨床死の状態になる。そんな傷で二キロの距離を走ることなど、もちろん『こちらの常識』では不可能なことだった。

『ピースマーク』の身元もすぐに判明した。二年前からこのサンテレサ市に移住しており、普段はポルノ・ショップの店員をしていた。

彼の本名や職業などに目を引くものはなかった。重要なのは『ピースマーク』が何者かに操《あやつ》られて怪力を発揮し、フューリィを殺して逃げたことだ。そうした真似《まね》ができるのは、知られている限りではセマーニ人の『術師《ミルディータ》』だけだった。

男に意思がなかったとはいえ、マトバの銃撃は完全な正当防衛だ。殺人罪に問われることはないだろう。

「だとしても、これは前例がない」

現場にやってきたジャック・ロス警部が言った。マトバの属する特別風紀班の主任で、直接の上司にあたる。

「前例……？」

マトバは憔悴《しょうすい》した顔でつぶやき、ロスの横顔をちらりと見た。

すでにフューリィの遺体ともう一人のフィリピン人は移送されたあとだ。彼はしゃがんで警察車両のフロントグリルにもたれかかり、すっかりぬるくなったコーヒーをまずそうにすすっているところだった。

鑑識班も簡単な仕事を済ませ、帰り支度をはじめている。この路地裏も、一時間後には何事もなかったかのように静まりかえるだろう。

「どういう前例です」

「『被害者』が手錠を強引にはずし、素手で警官一名を殺害し、致命傷を受けながらも二キロの距離を逃走するような『前例』だ。セマーニ人の『術』についてはあれこれ報告があるが、ここまでの話は聞いたことがない」

ロス警部の声は冷たく、無感動だった。

ジャック・ロスは五〇前、そう大柄でもなく筋肉もないが、なぜか頑健《がんけん》な印象の持ち主だった。どんな大男に小突かれても、よろめきさえしないのではないかと感じさせる物腰。青白い顔でにこりとも笑わない。灰色の瞳《ひとみ》は、人類社会のありとあらゆる悪徳を見てきた者特有の、どこか疲れた哲学者のような空気を漂わせている。この路地の空気の重さを、黒いコートにたっぷりと吸い込んでいるように見えた。

死んだリック・フューリィとは長い間柄だったと聞いている。ニューヨーク市警のころからだ。サンテレサ市の警察官の多くは、元から全米・全世界の各地で警官としてキャリアを積んできた者ばかりだ。

ロス警部はマトバを叱責《しっせき》したり問いつめたりするそぶりは見せなかった。

「フューリィは残念だった」

「すみませんでした、主任」

「君の責任ではない」

「どうかな。俺《おれ》も落ち込んでますよ」

マトバは他者を操《あやつ》るセマーニ人の術の存在を知っていた。いやそれどころか、かつて身をもって知らされた経験さえある。

だというのに、自分は油断した。

「俺は気付けたはずだ」

「気付くのはまず不可能だったはずだ。自我を失った『被害者』の言動には、事前におかしなところが顕《あらわ》れる。あのフィリピン人にはそうした兆候がなかったのだろう」

「たぶんね」

「では繰り返すが、君の責任ではない」

「ですが――」

「もう充分だろう。あとは法律屋の仕事だ」

ロスの言葉は相変わらず淡々としていたが、かすかな苛立《いらだ》ちが漂っていた。

彼の言うとおりだ。ここで主任に自責の言葉を並べ立てたところで、お互い疲れるだけだろう。言葉はなんの救いにもならない。

「わかりました。それで、あの妖精が特別らしいって話なんですがね」

「『犯人』が言ったそうだな」

「『もともと自分のところに来るはずだった』と、ファルバーニ語で。しかも俺のことを『いと弱き蛮人よ《ドリーナ・メタ・バデリイ・ナ》』とも言った。『いと《バデリイ》』なんて言葉、ファルバーニ語の講義以外で聞いたことがない。そこいらの移民はまず使いませんからね」

『バデリィ』は『とても、非常に』に相当する言葉だが、古めかしく格式ばった表現で使われる。この街で暮らす普通のセマーニ人なら『バァダ』と言うところだ。

「セマーニ人の知識階級ということか」

「魔法使いだし教養はあるでしょう。わざわざ俺にしゃべった理由は分かりませんがね」

「合理的な理由などないのかもしれん」

「なぜです」

「合理的な文明ではないからだ」

ロスが単純に『連中は野蛮人《やばんじん》だ』と言っているのではないことくらい、マトバにも分かっていた。セマーニ人たちの文明は自分たちと異なっている。彼らの世界では科学的思考は一般的ではないし、民主主義や人権といった概念《がいねん》もない。もちろん向こうの数字にもゼロはあるし、三角法や金属精錬《せいれん》技術もある。だが、その根本にあるのは別の哲学だ。彼らは月の満ち欠けでその日の仕事を決め、婚姻相手を占い師のまじないにゆだね、戦場で声高く名乗りをあげる。決して合理的ではない。

しかし、地球人類もほんの数世紀前までは普通にやっていたことだ。セマーニ人たちと付き合っていると、いまの人類社会——二一世紀の文明の方がどこかおかしいような感覚にとらわれることもある。

「術者と妖精を探さねばならん」

ロスが言った。

「所轄《しょかつ》の分署に手配はしてあるが、すんなり網にかかるとも思えん。故買屋《こばいや》や運び屋の線から当たる方が早いだろう」

「でしょうね。これから俺《おれ》もいくつか当たってみますよ。あの妖精をどこから入手したのか、生き残った方のフィリピン人を締め上げてから」

マトバは難儀《なんぎ》そうに立ち上がると、息をついて両肩を回した。いまだにフューリィごと壁に叩《たた》きつけられた背中が痛かった。

「それは他の者にやらせる。君は帰って休みたまえ」

「冗談でしょう、主任」

マトバは不機嫌に鼻を鳴らした。

「四年間組んできた相棒が殺されたんだ。帰ったところで眠れると思いますか。まあ、いまから帰れば『Xファイル』の再放送くらいは観《み》られるかもしれませんがね。あいにく俺はあのドラマが嫌いなんだ。魔法使いの宇宙人がうろうろしてるこの街で、ああいうドラマを放送するなんて何かのギャグとしか思えないしね。休むのはごめんですよ」

「どのチャンネルを観ようと君の勝手だが、勤務につくことは許さん」

ロスの言葉は断固たるものだった。

「君はもうきのうの夕方から三〇時間働いているはずだ。ここで無理をされてもろくなことにはならん。命令だ。帰れ」

「そっ……」

「報告書は明朝九時までに提出しろ。それから捜査官を集めてブリーフィングだ」

それ以上、口答えしようとは思わなかった。

まあ、そうなのだろう。この件はハードになりそうだ。もう一晩、徹夜したところでどうなるものでもない。

「エイミーには俺《おれ》から言いますか？」

いまや未亡人となったフューリィ夫人のことを思い出し、マトバは言った。

「いや、私から――」

ロスは言葉を切った。

「……いや。君から先に言っておいてくれるか。迎えの者をそちらによこすと。残りのことは私がやっておく」

「わかりました」

「すまんが、たのむ」

「いえ」

マトバは肩をすくめてから、自分の車に歩いた。

〇二年型のクーパーS。BMWが生産するようになった新ミニの初期モデルだ。その運転席に腰かけ、キーを回したときに彼は気付いた。シフトレバーの前にあるカップ・ホルダー。そこにはリック・フューリィが飲み残したコーヒーの紙コップが、まだ置きっぱなしになっていた。

マトバはすこし躊躇《ちゅうちょ》してから、そのコーヒーを紙コップごと窓の外に放り捨てた。

まっすぐ帰宅する気分にもなれなかったので、マトバはあてもなく車をぶらぶら走らせた。

事件の現場にほど近いペニンシェラ通りを流し、メトセラ通りへ。夜中の二時をすぎていたが、この歓楽街はいまでも賑《にぎ》わっていた。メトセラ通りは、日本でいったら歌舞伎町のようなものだった。数え切れないほどの飲み屋とクラブ。トップレス・バーやポルノ・ショップ。歩道を行き交《ゆ か》う人、人、人。

世界中どこにでもありそうな、ネオンに輝く夜の街だ。

毒々しい色彩の看板が描《えが》き出す、たくさんの文字。英語だけではない。ロシア語、スペイン語、フランス語。韓国語、中国語。マトバに判別のつかない言語も山ほどある。おそらくはタイ語やベトナム語。アラビア文字もあったが、その看板になにが書いてあるのかなど、この街で長く暮らしている彼にもまったく分からなかった。

日本語もよく見かける。『大入のあもちゃ』だの『あいしい焼内』だの。どこぞで入手した日本の写真や広告を、だれかが不器用に書き写しただけの類《たぐ》いだ。おそらく、ほかの言語も似たり寄ったりのデタラメさなのだろう。厚木育ちのマトバが、戦時中はじめてこの街に来たころは面白かったが、いまはごくありふれた景色の一つにすぎない。

普通の街と違っていたのは、ファルバーニ語の存在だった。

『向こう側の世界』で広く使われている言語である。

地球人が知るもっとも有名なファルバーニ語は、『レト・セマーニ』。すなわち彼らの世界を指す言葉だ。意味は『人間の土地』。こちらでいうところの『地球《アース》』といったところか。

だがセマーニ世界は『セマーニ星』などとは呼ばれない。

なぜなら、セマーニ世界は惑星ですらないからだ。

地球人たちの知っている宇宙というものが、セマーニ世界には存在しない。直径およそ三万八千kmの半円球の、凸状《とつじょう》に湾曲《わんきょく》した世界の上に海や陸地があることは分かっているが、そこから先の領域は分厚い雷雲に囲まれている。まるで古代の地球人が信じていたような世界だ。

雲の先になにがあるのか、だれも知らない。地球の観測隊が雷雲の向こうに何度も無人観測機を飛ばしたが、観測機はすべて連絡を絶っている。

上空には太陽や月が運行しているが、それがそもそも恒星や衛星なのかさえ判然としていない。観測ロケットを打ちあげても高度八〇キロ前後のあたりでばらばらに砕け散ってしまうという。原因は不明だが、セマーニ人たちは『天に逆らおうとしたのだから当然だ』というばかりだ。

地球の探検隊はあらゆる努力を払っているが、最新機器から取れるデータにはまるで整合性がなく、いまだにこれといった成果は上がっていない。セマーニ宇宙の仮説は山ほど挙げられているが、どれも決定打にはまったくとぼしいままだ。

セマーニ世界の住人たちは、地球人たちの観測努力を他人事《ひとごと》のように笑っている。こちら側の宇宙観にも、さして興味を示さない。

このサンテレサ市には、セマーニ人が数多く住んでいる。

『門《ゲート》』が生まれたとき、太平洋上に出現した巨大な陸地がカリアエナ島と呼ばれている。もともとはセマーニ世界の半島だったのだが、それが地球に転移したというわけだ。そのカリアエナ島の中で、元から栄えていた古い都市に地球人類が入植し、いまのサンテレサ市が出来上がった。この街は『門《ゲート》』にいちばん近い。いってみれば地球世界の玄関口である。

いまもこうして街を走っていると、歩道を行《ゆ》き交《か》う通行者の中に何人ものセマーニ人がいる。『セマーニ人』という表現自体が『地球人』のようにおおざっぱな言葉なのだが、向こう側の人間はまとめてそう呼ばれている。骨格的に小さな差異があるそうで、人類学者たちは大喜びでセマーニ人たちに『ホモ・セマニカ』だのなんだのと学名を付けている。

だが世界の謎《なぞ》やらなにやらは、そういうのが好きな連中に考えさせておけばいい。警官であるマトバの問題は、向こうとこちらを行き来する人々が現実にいて、その中にはやはり悪党が混じっていることなのだ。

歓楽街を通り過ぎる。いつまでも街中をうろうろしているわけにもいかなかった。

彼にはこれからやるべきことがある。

メトセラ通りのはずれで車を路肩《ろかた》に停《と》めてから、彼は携帯電話を取り出した。だがダイヤルは押さない。むっつりと携帯の画面を眺めるだけだ。

気が進まなかった。

未亡人に対して、なんと言ったらいいのか思いつかない。

逡巡《しゆんじゆん》していたのは三分くらいだったろうか。運転席側の窓をこつこつと叩《たた》く者がいた。若い男が三人、マトバをのぞき込んでいる。

セマーニ人だ。

マトバは窓を開けて、疲れた目でセマーニ人の若者たちを見上げた。

「ミスター。洗車してやるよ」

セマーニ人のひとりが言った。

「そうかい。間に合ってるからよそいってくれ」

「そう言わずにさ。ほら、サービスするぜ」

男の一人がフロントガラスに唾《つば》をぺっと吐いて、薄汚い布きれでそれをふきとった。こういう地球流の侮蔑《ぶべつ》を、こいつらはだれから習ったのだろうか、とマトバは思った。

「三〇〇ドルだ。出してくれるよな？　でないと大事な車に傷が付くぜ」

「おいおい」

へつらいの笑顔はもうなくなっている、あからさまな威嚇《いかく》の表情で目を剥《む》き、ボンネットを叩いたりタイヤを蹴《け》ったり、好き放題だ。

「ほら、車おりろ、出てこい！　殺されてえのか!?」

「うすのろの地球人《ドリーニ》め、はやくしな！」

「たったの三〇〇だぞ?」

内ポケットからバッジを出すか、脇の下のホルスターから拳銃《けんじゅう》を出すか、座席の下にあるショットガンを出すか。

マトバはすこし迷ったが、どれも使わないことにした。こういう気分のときは運動が一番いい。彼は鷹揚《おうよう》な仕草で車から出て、両手をあげた。

「わかった、わかった。落ち付けって」

「早くしな」

「いま出すって。えー、どこにあったかな……。あった、ほら」

ズボンのポケットにクォーター硬貨が何枚かあったので、マトバはそれを路上に無造作にばらまいた。一瞬、彼らは意味がわからず、硬貨と彼とを交互に見返した。

「拾えよ。感謝しな」

男たちの目が本物の怒りの色に染まった。いちばん近くの一人がなにか罵《ののし》りの言葉をつぶやいて、マトバにつかみかかってきた。

ほら来た。

のびてきた右腕をはねのけ、掌底《しょうてい》を顎《あご》にたたき込む。ぐらりと揺れた相手の体を引き寄せ、ながら空きの鳩尾《みぞおち》に重たい膝蹴《ひざげ》りを入れる。苦悶《くもん》のうめき声。くずおれる男をそのままに、向かってきたもう一人に対峙《たいじ》する。マトバよりも大柄だ。拳《こぶし》が飛んできた。右、左。苦もなくガードして鋭いローキック。バチン！　といい音。きれいに入って、相手はよろめく。ボクサー気取りでワン・ツーを入れて、とどめに大げさな回し蹴《げ》り。ぶわっとマトバのコートが扇状《おうぎじょう》に広がる。二人目は大の字になって路上に倒れた。

後ろから飛びかかろうとしていた最後の一人に素早く向き直ると、相手は躊躇《ちゅうちょ》した。

「どうした。来いよ」

手招きすると、男は口をもごもごとさせて、首を振った。

「やめとくか?」

「え……ええ」

「ひ弱な地球人《ドリーニ》にもこわいお兄さんはいるんだ。ちんぴらのまねごとやる暇《ひま》があったら、学校に行け、学校に。わかったな?」

「い、イエス」

「イエッサー、だ。年上には敬意を払え」

「イエッサー」

「よし、課外授業は終わりだ。うせな」

完全にのびた一人を助け起こして、セマーニ人の若者たちはその場を逃げ去っていく。マトバは乱れた着衣を直してから、ふっとため息をついた。

あのセマーニ人たちの年齢がもうすこし上だったら、こんな風にはいかなかっただろう。あのガキどもはこのサンテレサで育った世代だ。能力的にはこちら側のちんぴらと何ら変わりがない。だが、もうすこし上の世代——ちょうどマトバと同じくらいの年齢のセマー二人からはヤバくなる。

向こうの世界はつい最近まで戦国時代のようなものだった。銃も火砲もない世界での戦争と、己《おのれ》の肉体ひとつでそれを生き延びてきた男たち。言ってみれば、実戦経験豊富な殺人技術のエキスパートだ。地球の格闘家とは格が違う。銃を使わなければマトバでも複数を相手にすることは難しいだろう。

ともあれ、ひと暴れしてすっきりした。

これですこしは何かがふっきれるかと思ったが、そうはならなかった。運転席に戻ってから携帯電話を見ると、憂鬱《ゆううつ》な気分がぶり返してきた。

解決方法など何もない。

マトバは電話を助手席に放り出し、車のエンジンをかけた。一〇〇メートルくらい走ったところで、彼はハンドルを叩《たた》いてうなった。

「くそっ」

観念しよう。車をふたたび停《と》めて、携帯電話をつかみ、なにも考えずにダイヤルを押した。

プルルルル、とダイヤル音が繰り返す。切るなら今しかない。だが、ためらっているうちに相手が出た。

『はい？』

陽気な女の声。エイミー・フューリィだ。電話の向こうから、なにかのテレビ番組の笑い声が聞こえる。

「エイミー。俺《おれ》だよ」

『あら、ケイ。どうしたの、こんな時間に。リックならまだ帰ってないけど——』

そこまで言って、彼女の言葉が凍り付いた。マトバの陰気な声色《こわいろ》だけで、すべてを察してしまったようだった。

「彼のことなんだ」

『嘘《うそ》でしょう……?』

「すまない」

それからマトバは言葉を慎重に選びながら、未亡人に事実を話して聞かせた。

辛《つら》い時間だった。

セマーニ人のちんぴらどもに袋叩《ふくろだた》きになった方がずっとましだった。


夜中の二時を回ったころ、マトバはニューコンプトンの自宅に帰った。

ニューコンプトンはサンテレサの港湾部《こうわんぶ》にある倉庫街だ。彼が借りているのは古い倉庫を改造した住居で、一階が車庫と物置、二階が居住スペースになっている。

車庫にクーパーSを入れてから、マトバは狭く急な階段から二階に上がった。倉庫のころから使われていた貨物用のエレベーターもあるのだが、三年前に入居したとたんに壊れてしまって、それきりになっている。ここから引っ越す時には修理しなければならないだろう。でないと家具を運び出せない。

「さて」

リビングに入る前に、マトバはドアノブにかけてあった粉塵《ふんじん》用のマスクをつけた。冷たい空気を深呼吸をしてからリビングに入る。明かりをつけると、ソファーの陰で黒い影が動き、よたよたとこちらに近づいてきた。

黒い猫だった。

右の後ろ足が不自由なため、のろのろとした歩みだ。黒猫はマトバの前まで来ると、彼の足の間をくるくると回って、にゃーおと鳴いた。

「怒るな。こっちも忙しかったんだよ」

その場にかがんで頭や喉《のど》をくすぐってやると、黒猫はごろごろと喉をならす。彼女はマトバが持つコンビニのビニール袋にめざとく気付き、その表面にふんふんと鼻を近づけた。袋の中からキャットフードの缶をとりだし、プルタブを引いて開けてやる。

「ほら」

マトバの言葉もまたずに、黒猫はキャットフードにかつかつとむさぼりついた。空《から》っぽになりかけた皿に水を入れてやって、猫の隣に置いておく。フューリィに話した『女との約束』というのは、これだけの用事だった。

郵便ポストにたまっていた封筒をテーブルの上に広げる。住んでいる場所のおかげか、ダイレクトメールの類《たぐ》いはほとんどない。昔の戦友からの絵はがき。クレジットカード会社の明細書。この倉庫の管理会社からの通達。

「ちくしょう」

追加請求だ。個人で借りている場合は、年間で一二〇〇ドル余計に払えだのなんだの。そんなことは入居する時は聞いていなかったので、何度も突っぱねてきたが、いよいよ裁判所にまで話がいきそうだ。ここで白旗をあげて追加請求分を払うか、しち面倒くさい裁判で戦うか、さっさとまともな住居に引っ越すか。いずれにしても大金がかかるのは間違いないだろう。

どうしたものかと考えていると、携帯電話が鳴った。ロス警部からだった。

『明日のことだが、予定変更だ。君は沿岸警備隊基地に行ってくれ。〇八〇〇時、第三パースに繋留《けいりゅう》してある〈ゴールデン・ハート〉号だ』

「はあ?」

沿岸警備隊《コースト・ガード》の船なんかに、なんで市警察の自分が乗らなければならないのか。

『ファルバーニ王国の騎士団は知ってるな?』

「少しは」

ファルバーニ王国は、セマーニ世界の歴史ある大国だ。なにしろ彼らの世界の主要言語がフアルバーニ語と呼ばれているくらいだ。いってみるならファルバーニ王国はこっちの世界でいうところのイングランドのようなものだった。

向こうには警察や正規軍といった概念《がいねん》がない。いちばん近いのはファルバーニ王国の『ミルヴォア騎士団』と呼ばれる近衛《このえ》部隊で、その騎士団が治安維持と国土防衛を同時に引き受けている。

『そのミルヴォア騎士団から貴族が派遣されてくる。エクセディリカ家という名家のVIPだ。丁重《ていちょう》に出迎えろとの命令だ。君がその貴族を本部まで連れてこい』

「貴族のエスコートを？　俺《おれ》が？」

マトバは耳を疑った。

「冗談でしょう。俺は刑事だ、外交官じゃない。宇宙人のお偉いさんの相手なんてできませんよ」

『人手不足でな。ファルバーニ語が使える警官がちょうど君しかいない』

「物見遊山《ものみゆさん》の貴族のジジイなんか御免《ごめん》ですよ。それよりもリックを殺した野郎を捜させてください」

『それは後だ。連れてこい、命令だ』

「くそっ」

『粗相《そそう》のないようにな』

電話が切れた。

携帯電話を卓上に放り出すと、マトバは悪態をつき、それから苦しそうにせき込んだ。喉《のど》がざらざらして、たんが絡《から》み、呼吸のたびにひゅうひゅうと音がした。

息が苦しい。喘息《ぜんそく》の症状だ。

マスクを外してほんの一分だというのに、このざまだ。マスクを着けなおすと、彼はうらめしげな目で、食事を終えて満ち足りた様子の黒猫をじっとにらんだ。

「いい気なもんだな、おい」

黒猫はのんきににゃーお、と鳴いた。

リビングの奥の寝室へ向かう。寝室は隔離してあるから大丈夫だ。マスクをはずせる。戸を開けて寝室に入ろうとすると、猫が後ろ足を引きながら彼のあとについてきた。

「だめだ」

マトバは黒猫を抱え上げ、無造作にリビングのソファーへと放り投げた。クッションの山に猫が落ち、ふにゃっ、と変な声をあげた。

「何度も言わせるなよ。添い寝はごめんだ」

しょんぼりとした黒猫を指さしてから、寝室のドアをバタンと閉じる。壁にかけてあった小型掃除機のスイッチを入れ、ドアのまわりを念入りに清掃してから、猫を触った自分の手をウエット・ティッシュで丹念に拭《ふ》き取る。

こんなところか。

彼はマスクとネクタイを外しただけで、靴さえ脱がずにベッドへと倒れ込んだ。

たぶん、いまごろエイミーは主任から『残念だ』だのと言われているのだろう。そしてリックを殺した死体安置所《モルグ》に安置されているリックの遺体も、まだ体温が残っていることだろう。

セマーニ人も、どこかでにやにや笑っているのだろう。

それでも、ケイ・マトバはぐっすりと眠った。

あまりに疲れていたので、夢さえ見なかったのはむしろ幸いだった。

2

朝、と呼ぶにはもう遅い時間だった。

きっかり八時に出航してサンテレサ市を離れ、おおよそ一時間ほど海上を進む。

緯度の低いこの地域では太陽もずいぶん高くなっているはずだったが、どんよりとした厚い雲がベールとなっているため、空はそれほど明るくなかった。水平線の下は重苦しい灰色の海で、その上空はうすくにごったピンク色に染まっている。

マトバが乗り込んだ〈ゴールデン・ハート〉号は沿岸警備隊に所属する小型の快速艇で、船首に五〇口径の機関銃を装備していた。警備隊員の話では、その気になれば五〇ノット以上は軽く出せるという。

船尾には国連委任統治領であるカリアエナ自治領の旗と、アメリカ合衆国の星条旗。

基本的にカリアエナ自治領とサンテレサ市は『どこの国でもない』という扱いだったが、実質は合衆国政府の管理下にある。マトバが犯人を逮捕するときに被疑者の権利をわざわざ告げるのも合衆国の法律（判例）が適用されているからで、その法を執行する人々もアメリカ市民が圧倒的に多い。ほかにはマトバのような日本人や、その他の移民も多かったが、セマーニ人はほとんどいなかった。沿岸警備隊にも、警察にも。

「そろそろ目的地です」

乗組員が言った。マトバは左舷《さげん》の甲板《かんぱん》に突っ立って手すりにつかまり、波に揺れ続ける船体の上で転ばないようにバランスをとるのが精一杯の状態だった。

〈ゴールデン・ハート〉が速度を落とす。沖縄や台湾とたいして変わらない緯度だというのに、海上は冷え冷えとしていた。太陽も見えない。それどころか、あたりには靄《もや》がたちこめてきた。つい一〇分前まではっきりと見えていた水平線が、いまではまったく見えない。視程は一〇〇メートルかそこらだろう。

『ミラージュ・ゲート』に近づくと、海上の景色は必ずこうなる。

ミラージュ・ゲートこそが、向こう側の世界とこちらの人類世界とをつなぐ未知の空間なのだ。

それはどこか決まった場所に、はっきりと目に見える形で存在するようなものではない。たった一つだけそういう空間があるのでもなく、概《がい》して一〇前後、多いときは五〇以上もそうした空間がカリアエナ島の周辺に生まれる。ゲートはあたかも天気図の中の気圧のようにうつろい、消えては生まれ、その法則はだれにも予測することができない。

ただ一つ、サンテレサ市から南西四五マイルの海上に発生しているミラージュ・ゲートだけは別で、ほとんどの時間、安定して存在している。この安定型ゲートは『シルクロード』と呼ばれており、唯一の公式に認められた通商路として存在している。

高速艇が停止し、エンジンが止まった。

靄《もや》に包まれた海上に、静寂《せいじゃく》が訪れる。このあたりにいる船は、彼らの〈ゴールデン・ハート〉だけだった。穏やかな波の音。甲板《かんぱん》を歩く沿岸警備隊員の足音ばかりがやたらと大きく聞こえてくる。

船長が手すりによりかかったマトバに近づいてきた。

「船酔いは大丈夫かね」

「ええ、まあ」

「感心だな。陸《おか》ものの警官はすぐに音《ね》をあげるんだがね」

「軍にいましたから」

「ほう」

「陸軍ですがね。湿地帯の任務が多くて、ボートはいやというほど乗りましたよ」

船長は興味深そうにマトバを眺めた。

「向こうに行ったことは？」

「あります。名ばかりの平和維持軍《PKF》で。もっとも、渡るときは輸送機の真ん中にすし詰めだったからね。こうしてゲートを見るのは初めてです」

「見るといっても、だれにもミラージュ・ゲートは見えない」

靄の向こうを見透かすように目を細め、船長は言った。

「ミラージュ・ゲートの正確な位置と規模を把握するのは、観測衛星の情報だよりだ。磁気と赤外線に特有のパターンがあってね。計器類とデジタル化された海図《チャート》に従って進む以外、われわれが向こうに行くことはできない」

「そう聞いてます」

「ところが、宇宙人どもは電子機材に頼らずに渡ってくる。連中は電磁波やらなにやらといった概念《がいねん》など知らないんだ。万有引力の法則さえない。だというのに、風と潮の動きだけを読んでゲートの位置を把握する。俺《おれ》たちよりもよっぽど的確にな」

「だから沿岸警備隊の仕事が減らない、と」

「そういうことだ。船が足りないんだよ。この海域じゃレーダーもたいして役にたたんしな。密輸業者と密入国者を水際で阻止するなら、倍以上の人員と予算が必要だってのに。自治政府の連中は頭でっかちのクソどもばかりだ。カリブ海で麻薬業者を相手にしてたときの方がまだマシだったよ」

船長のぼやきを聞きながら、マトバはじっと目をこらした。

錯覚かと思ったが、そうではなかった。靄でかすむ大気の向こうに、ぼんやりと巨大な影が浮かび上がってくる。

最初はそびえる二本の塔のように見えた。

だが近づいてくるにつれ、それが大型の帆船だということが分かってきた。双胴《そうどう》の船体にそれぞれ二本のマストが、斜めに傾いて外側へ突き出している。複雑なシルエットだった。無数の綱がマストや帆桁《ほげた》から垂れ下がり、いくつもの支柱に絡み合って、どこか怪物めいた雰囲気をかもし出している。

マスト上を歩いている人影も、辛《かろ》うじて見て取れた。

あんな形の船は、人類史上には存在しない。まちがいなくセマーニ人の船だ。帆に描《えが》かれた紋章が見えた。鳥の目をモチーフにした、ファルバーニ王家の紋章だ。

「おでましだ」

船長がつぶやいた。

「あんなマストでどうやって航走するのやら。小回りは利きそうだが、暴風がきたらひとたまりもなさそうに見えるんだがね。木材の耐久力がこちらとは違うらしい。まあ連中が言うには、こちらの船の方があっという間に転覆《てんぷく》しちまいそうに見えるんだそうだ」

次第に近づいてくるセマーニの船から、号笛《ごうてき》と鐘の音が響いた。

停船しようとしているのだろう。船員たちが忙しく立ち回り、号令とともに巨大な帆が畳まれていく。帆船はゆっくりと速度を落とし、舵《かじ》をきって波を蹴《け》立て、驚くほど正確にマトバたちの〈ゴールデン・ハート〉の左舷側《さげんがわ》に接近してきた。

全長はこちらの三倍以上はあるだろう。その大きさ、その威容《いよう》は圧倒的だった。いまではこちらを見下ろす船員たちの顔も判別できる。

遠目に感じたほど薄汚い船ではなく、よく整備され、塗装も新しい船だった。舷側《げんそく》には奇妙な、しかし優雅な流線の紋様が描かれており、あちこちに刻み込まれた円形のくぼみが、荘厳《そうごん》な存在の『目』を連想させた。そのいくつもの『目』が、ちっぽけな警備艇を睥睨《へいげい》している。

彼らの船に大砲はない。セマーニ人は火砲を知らないのだ。代わりに取り付けてあるのは、城攻めにでも使いそうなサイズの大きな石弓《いしゆみ》だった。片舷にそれぞれ一五基ずつ。絃の長さが大人二人が両手を広げたくらいもあり、打ち出す矢も人の身長ほどある。

威圧感は大したものだったが、向こうの石弓を全部あわせても、こちらの五〇口径機関銃にはかなわないはずだった。すくなくとも、あの石弓や船体が彼らの『術《ミルディ》』で強化されていない限りは。

綱が投げられ、異なる世界の二隻《せき》の船が接舷した。

ファルバーニ語と英語でいくつかのやりとりが交わされ、向こう側から梯子《はしご》がおろされる。向こうの船員で手の空《あ》いている者は、物珍しそうにこちらの船を眺めていた。粗末なシャツとズボン姿ばかりだ。なにかをささやき合い、こちらを指さしてげらげらと笑っている。ファルバーニ語なのかもしれなかったが、訛《なまり》がひどくて何を言っているのかは聞き取れなかった。

接舷作業で忙しく立ち働いていた船長がマトバの肩を叩《たた》き、

「えらいさんが降りてくるぞ。あんたに任せるよ」

と、言った。

思いのほか頑丈《がんじょう》でしっかりとした梯子《はしご》が固定されると、短い号笛《ごうてき》が鳴り、向こうの乗組員が一人、こちら側に降りてきた。白い外套《がいとう》を身にまとった、小柄な人物だ。こちらに背を向けているので顔は見えなかったが、髪はブロンドだった。まだ子供のようだ。たぶん貴族の従者あたりだろう。

滑車《かっしゃ》とロープを使っていくつかの革張りのケースがおろされてくる。これはおそらく貴族の荷物だ。

肝心のお偉い貴族様はいつ来るのだろうか――マトバがそう思って帆船を見上げていると、彼のそばを小さな従者が通り過ぎていった。

鐘がまた鳴った。水兵がなにかを叫び、梯子が外される。

「…………？」

まだVIPが乗り込んでいないのに、どういうことだろうか？

怪訝《けげん》顔をしたマトバや船長たちの見ている前で、向こうの梯子はすっかりと引き上げられてしまった。

「おい」

従者が言った。流暢《りゅうちょう》な英語だった。

いや、従者ではなかった。それどころか、男でさえなかった。

「わたしがミルヴォアの準騎士《バルシュ》、エクセディリカだ。ドリーニの船乗りには出迎えの儀礼もないのか?」

女だ。それもローティーンくらいの少女だった。

真っ白な——まるで血の一滴すら通っていないような白い肌。合成繊維《せんい》かなにかのような、完璧《かんぺき》に均質な金色の髪。念入りな刺繍《ししゅう》の入った上等な短衣《チユニック》。外套やタイツには一切の汚れがない。腰には鞘《さや》に入った細身のサーベルをさげている。大きな目はいくらかつり上がり気味で、気高《けだか》く冷たい猫科の動物を連想させる。形のいい唇はむすっと引き結ばれ、愛嬌《あいきよう》のかけらもない。

宇宙人。

灰色の大気に覆われたこの海上で、その娘の周囲だけが別世界のようだった。

セマーニ人はこれまで大勢見てきたが、その娘ほど『幻想的な生き物』は見たことがないような気がする。むしろこの娘の存在は、あのガラス瓶《びん》の中で光っていた妖精のそれに近かった。

こいつがVIPの貴族?　ひげ面《づら》のじじいじゃなかったのか?

呆《ほう》けたように口を半開きにしていたマトバの顔を、少女はじっと凝視《ぎようし》した。なぜか彼は、自宅の黒猫が腹を空《す》かせてこちらを見上げているのを連想した。

「おまえはイングリッシュが分からんのか?」

「いや……わかるが」

すると少女は安堵《あんど》とおぼしきため息をつき、たちまち居丈高《いたけだか》になって小さな胸をそらしてみせた。

「それなら返事くらいしろ。このわたしを無視しておいて、その態度はなんだ？」

「気付かなかった」

「ふむ。そうか」

少女がいきなり腰の剣を抜き払った。風を切る音が小気味よく鳴り、鋭い切っ先がマトバの鼻先をかすめるように通り過ぎる。驚いて後じさった彼の前で、彼女は直立姿勢のまま剣を右へ左へと振り回し、それを胸の前で斜めに構えると、朗々《ろうろう》とした声で告げた。

「我が名は、ティラナ・バルシュ・ミルヴォイ・ラータ＝イムセダーリャ・イエ・テベレーナ・デヴォル＝ネラーノ・セーヤ・ネル・エクセディリカ。……おまえたちドリーニのイングリッシュに直せば、『エクセディリカ家の娘セーヤの第一の子女、デヴォル大公《たいこう》の血筋に列せらる者にして、栄《は》えあるミルヴォアの準騎士、ティラナ』となる。これでわかったな？　では貴公の名は？」

「ケイ・マトバ」

「ケー・イマトゥバ？」

なぜか少女は眉《まゆ》をひそめた。

「ケイ・マトバだ。サンテレサ市警。巡査部長。そして特別風紀班の刑事」

「それがフルネームか？　ケイ・マトバ＝サンテレサ・ボリス・ディヴァトメント＝サージャント＝アンド・ディテクティブ＝スぺシャル・バイス・スクァド？」

ファルバーニ語には『p』の子音がない。向こうで育ったセマーニ人がこちらの言葉を喋《しゃべ》ろうとすると、どうしても『ポリス』が『ボリス』に近くなってしまう。

「ちがう。フルネームはただのケイ・マトバだ」

「短いな」

セマーニ人の娘はあからさまな軽蔑《けいべつ》をその顔に浮かべた。

「おかしいか」

「いや。身分の卑《いや》しい者ならば、名前が短いのは無理からぬことだ。気にしないぞ。わたしも日ごろはティラナ・エクセディリカと名乗っている」

少女が細身の剣をうならせた。短い金属音と共に、刀身がまたたく間に腰の鞘《さや》へと戻る。小さな体と細い腕からは想像もつかない剣さばきだ。

「ドリーニの地に来て初めて話した相手だ。おまえには特別にわたしを『ボナ・ティラナ』と呼ぶことを許してやろう。光栄に思うがよい」

『ボナ』は英語で言うところの『ミス』くらいのニュアンスだ。

「では、わたしの荷物を潮風の当たらぬところへ運べ。ケー・イマトゥバ」

「ケイ・マトバだ」

「おまえの名など、どうでもいい。さっさと運ぶのだ」

セマーニ人の貴族様――ティラナ・(中略)・エクセディリカは気にした風もなく、船室の奥へ勝手に歩き出した。


サンテレサ市への帰路の船内で、マトバは腹の中でふつふつと煮えたぎってくる怒りをこらえるのに必死だった。

俺《おれ》は刑事だったはずだ。

それが外交官の真似事《まねごと》どころか、子守をやらされる羽目になるとは。

あのティラナとかいう娘は、どうひいき目に見ても中学生くらいの年《とし》にしか見えない。まあたしかに、セマーニ人は実際の年齢よりもかなり若い肉体的外見を持つ。セマーニ人は実年齢が四五歳でも、見た目は地球人の三〇歳くらいだ。さらにセマーニ世界の一年は地球の一年より短いので、『セマーニ年齢』で四五歳の人間が『地球年齢』だとだいたい三六歳になる。えらくややこしい話だ。しかも地球とセマーニ間での条約のせいで、こちらは彼らを『セマーニ年齢』を基準として扱わなければならない。

ティラナが持参した書類には、彼女の年齢は『二七歳（セマーニ年齢）』とあった。

（こちらの地球年齢だと……）

頭の中でざっくり暗算すると、おおよそ二〇歳前後だ。いちおう成人には達していることになる。

ちらりとティラナの横顔を見る。

やはりどう見ても一三、四歳くらいだ。

どうして自分が、こんな小娘のエスコートに時間をとられなければならないのだ？　いまは一刻も早くリックの仇《かたき》を捜す仕事に戻りたいというのに。

まあ、きれいな娘だ。それは巡視船のクルーたちの態度を見れば明らかだった。手が空《あ》いた者の多くが、なにかと口実をつけてティラナを一目見ようと船橋をのぞきにくる。

そう、確かにティラナは美しい。

ＣＧの映像からそのまま出てきたような美しさとでも言おうか。あまりに非の打ち所のない、現実味のない美貌《びぼう》だ。それがマトバにはうさんくさい。好感の持てない美しさというのがあるとしたら、この少女が備えているものがまさしくそれなのではないか。

ティラナは船橋奥の席にふんぞり返っていた。

だがやがて退屈したのか、船橋に備えられたさまざまな機器――航法装置や通信装置、レーダーの操作パネルなどを物珍しそうに見てまわるようになった。機器のスイッチやダイヤルに手を伸ばそうとするたび、マトバはティラナに『触るな』と注意しなければならなかった。

「なぜ触ってはいけない？」

四度目の『触るな』が出たあと、ティラナが不服そうにたずねてきた。

「そいつは航法装置の経由点のリセットスイッチだからだ」

「リセットスイッチ？　なんだそれは？」

「それまでの設定をすべて消去して、航法データを初期化するための……あー、とにかく全部ご破算《はさん》になっちまうんだ」

「よく分からん」

「いいから触るな」

するとティラナは、なぜか諭《さと》すような口調で言った。

「よいか、ケー・イマトゥバとやら。自慢のつもりはまったくないが、わたしはとても高い身分の出だ。おまえのような下賤《げせん》の者が触ってはいけないものは山ほどあるだろうが、わたしが触れるのを禁じられるようなものはそう多くない」

「話が見えないんだが……」

「わたしが触っても、この道具が穢《けが》れることはないと言っているのだ。それどころか、わたしの守護精霊はキゼンヤの第三使徒だ。わたしの指先からよきラーテナが宿るやもしれぬぞ」

「その第三ナントカは知らんが、言いたいことの意味はなんとなくわかった」

マトバの返事を皮肉だとは思わなかったようで、ティラナはわずかに顔をほころばせた。

「わかったのだな？　では、わたしの触るものに指図をせぬことだ」

そう言ってデジタル航法装置に手をのばす。

「触るな」

「むっ……」

「触るな。穢れも祝福も関係ない。とにかく、触るな」

あくまで断固とした口調で告げる。彼女はマトバを数秒間にらんでいたが、やがて不満を言うのも無駄だと思ったのか、それきり口を閉ざして窓の外をながめていた。

子供相手にひどい意地悪をしているようで、いやな気分になる。

（いやいや、まてまて……）

見た目はああだが、この宇宙人は子供ではない。初めて乗った巡視船の機器をいじりたがるところなんぞ、まさしく子供にしか思えないが、それでもやっぱり子供ではない。

情けは無用だ。嫌われてけっこう。どうせあと数時間の付き合いだ。

これから港に入って車にのせて、市内を流して市警本部に入り、エレベーターで一四階に連れて行くだけの関係でしかない。

そのときはそう思っていた。


沿岸警備隊の基地で船から降りると、簡単な書類審査を済ませてから、マトバは自分の車にティラナの荷物を運び込んだ。船内での出来事が尾を引いているようで、ティラナは手を貸そうともせずに、胡乱《うろん》げな目で港の景色を眺めているだけだった。

「いくぞ。乗ってくれ」

トランクのドアをばたんと閉めると、顎《あご》をしゃくって助手席をしめす。ティラナは助手席側のドアの前に突っ立ったまま、じっとドアノブを凝視《ぎょうし》していた。

「まさか開け方が分からないってんじゃないだろうな？」

「……いや」

マトバは運転席に座り、エンジンをかけた。ティラナはいまだに棒立ちしたままで、小さく震えるボンネットに目を釘《くぎ》付けにしている。

工業文明を持たないセマーニ人にとって、自動車は確かに珍しい存在のはずだったが、『見たことのない道具』というほどのものではないはずだった。向こうに住んでいる少数の地球人は、日常的に自動車を使用している。そもそも、そこまで内燃機関が珍しいなら、警備艇に乗ったときから目を白黒させていたことだろう。

「さっさと乗れよ。クルマくらい知ってるだろ？」

「と……当然だ。おまえは馬鹿《ラケバイ》か？」

そう言ってティラナはドアをもたもたと開け、助手席に乗り込もうとした。

だがそのとき腰につるしていた剣の鞘《さや》が戸口に当たって、その拍子に姿勢が崩れてしまった。彼女はよろめき、頭から運転席側に倒れ込み、座っていたマトバの下腹部に顔から突っ込んだ。

「うにゅっ……」

セマーニ人が妙な声をあげる。

マトバの股間《こかん》に顔を埋《うず》めたまま、ティラナは数秒間動かなかった。彼もどう反応したらいいのか分からず、ハンドルを握ったままの姿勢で固まっていた。

「……おい」

声をかけると、ティラナは身を起こし、何事もなかったかのように姿勢を正した。白磁のような頬《ほお》が、心なしか紅潮しているようにも見えたが、気まずいのは彼も同じだったので見なかったふりをする。

ドアに引っかかっていた剣の鞘をベルトごと外して車内に引き入れ、ドアを閉める。

「き……気にするな。では行け」

それだけ言って、ティラナは窓の外に顔をそむけた。

「半ドアだ」

「な……なに？」

「ロックされてない。もう一度ドアをあけて、勢いよく閉めてくれ」

「そうか。わかった」

ティラナは言われたとおりにドアを閉め直した。

「行くぞ」

クーパーSを発進させる。沿岸警備隊の基地から出て、港湾《こうわん》部から市の中心部へ。ティラナは窓の外を向いていて、一度もマトバの方を見ようともしなかった。

ほとんど会話らしい会話もないまま、一五階建ての市警本部ビルに到着し、その一四階の本部長室にティラナを連れて行く。

本部長とロス主任が彼らを待っていた。

「お待ちしておりましたぞ、ミズ・エクセディリカ！」

本部長は大げさな身振り手振りを交え、装飾過剰な言葉でティラナに歓迎の意を述べ、彼女の滞在が有意義で実りあるものになることを祈っていると締めくくった。一方のロスは簡潔に『サンテレサ市にようこそ』とだけ告げた。

ティラナの若さに驚いた様子はない。どういうセマーニ人が来るのか、二人とも知っていたのだろう。

「ご苦労だった、マトバ巡査部長」

「確かに連れてきましたよ。じゃ、俺《おれ》はこれで」

本部長のねぎらいになげやりな返事をすると、マトバはさっさと本部長室を出ていこうとした。いつまでも変なセマーニ人娘に煩《わずら》わされている場合ではない。すでに思考はリック殺しの捜査へと飛んでいた。

その彼をロス主任が呼び止めた。

「話は終わっていない」

「なんです」

「彼女のことだ」

「?」

扉のノブに手をかけたまま、マトバは眉間《みけん》にしわを寄せた。

「そこのお嬢さんがどうしたってんです。観光ガイドならその辺の事務屋に任せりゃいいでしょう。英語も立派に使えるみたいだしね」

「無礼なことを言うな、マトバ刑事。観光旅行などでは断じてないぞ」

と本部長が声を荒らげた。一転して猫なで声になり、ティラナにかたことのファルバーニ語で『失礼。あの男は事情がわかっていないのです』と告げている。

「じゃあ、なんだってんです」

「彼女はあの妖精を追ってきたのだ」

ロスが言った。

「君が昨夜、奪われた妖精だ。普通の妖精《フェアリー》ではなかったらしい」

「フィエルだ。フィエル・クェゼ・バデリィ」

ティラナが訂正した。

「おまえたちのイングリッシュなら、『いと高き妖精』という意味になる。ファルバーニの西方、『常夜《とこよ》の森』に住まう、力ある一族に連なる高貴なフィエルだ」

「あー……つまり？」

マトバはファルバーニ語がすこしは使えるものの、そうした語句にはまったく明るくない。実のところ、彼の知っているファルバーニ語の大半は、『動くな』だの『おまえを逮捕する』だの『ケツを蹴《け》飛ばすぞ』だの、そういう類《たぐ》いなのだ。

本部長が説明した。

「あの妖精は、セマーニ世界の有力者の一族だということだ。それが七日前に向こうで誘拐された。密輸業者がこちらに運んだことまでは分かっている。このエクセディリカ嬢は、セマーニ世界の騎士団の意向で、その妖精を保護すべく派遣された。……それでよろしいですな？」

「おおむねその通りだ」

小さな胸を尊大に反《そ》らし、ティラナ・エクセディリカはうなずいた。

「ファルバーニ王国とユナイテッド・ネーション国の協約に基づき、ミルヴォア騎士および準騎士はドリーニ世界での正義の執行を保証されている。いと高きフィエルを保護するため、貴君らにはわたしの探索を手伝っていただきたい。ファルバーニ王の名のもとにこれを要求する」

「……と、いうことだ」

「なるほど。……で、その協約やらなにやらと、俺《おれ》が呼び止められた件と、どういう関係が？」

「彼女と共に行動しろ」

　ロスが言った。

「なんだって？」

「君は彼女と捜査をしろ」

　マトバはしばらく、呆《ほう》けたようにその場に立ちつくしていた。

「俺が？　この宇宙人と？」

「差別用語だぞ、マトバ刑事。ミズ・エクセディリカと呼べ」

　本部長の指摘など、マトバの耳にはまるで入っていなかった。

「いい加減にしてくれませんかね。こっちはつい半日前に、四年間組んできた相棒が殺されたばかりなんだ。ほかの刑事は動いてるってのに、なんだってまた俺にだけこんな厄介《やっかい》ごとを押しつけるんです？　主任、あんたはリックの仇《かたき》がとりたくないのか？」

　マトバが声を荒らげると、ロス主任がつかつかと歩み寄ってきて彼の顔をのぞき込んだ。

「マトバ。もう一度同じ質問をしてみろ。今度は私の目を見て、だ」

　その声は押し殺した怒りに震え、いつもは冷ややかな瞳《ひとみ》も熱い炎に揺れていた。主任がリックの仇をとりたくないわけがないのだ。

「だったら、なぜ俺に仕事に集中させてくれないんです」

「集中するなとは言っていない」

「できるわけないでしょう」

「それは君次第だ。セマーニ人がらみの事件はセマーニ人にしか分からないこともある。今後はこうしたことも必要になってくるだろう。君が彼女を気に入るか気に入らないかは、この際重要ではない」

このサンテレサ市警には、まだセマーニ人の警官は一人もいなかった。一〇年前にこの街が国連軍の管理下を離れ、警察が創設されてから、ずっとだ。地球側の法は地球側の人間が執行すべきだという考えが一般的だったし、これまではそれで回ってきた。

「なるほど。俺《おれ》はモルモットってわけですか」

「そう言って納得するなら、そう言ってもかまわん。いやなら今すぐバッジを返せばいい」

「命令、ってことかい。『くそくらえ』とでも言えば、拒否できますかね？」

「言ってみるといい。たとえおまえでも容赦《ようしゃ》はせんぞ」

二人の刑事は互いをまっすぐににらみ合い、しばらくの間無言でいた。

本部長は居心地が悪そうにソファーに腰かけ、煙草《タバコ》を探して体のあちこちのポケットをまさぐっていた。もう一人の傍観者――ティラナ・エクセディリカはマトバたちの様子を冷淡な目で眺めていたが、ふと大げさに咳払《せきばら》いしてみせた。

「ドリーニ同士で口論するのは勝手だが――」

ティラナが言った。

「――このわたしの意志が無視されているようだな。わたしは正義の執行にあたって、ここのボリスマンの中で、ひときわ優れた者としか組む気がない。武勇と知謀《ちぼう》に長《た》け、経験豊かで古今《ここん》の典礼に通じたボリスの戦士だ。そこで気を吐いている下賤《げせん》な男が、わたしの考える条件に合致《がっち》するとは思えぬが？」

「宇宙人は黙ってろ」

「見ろ、これだ！　礼儀を知らぬこの男を、望み通りに行かせてやってはくれぬか？　この野《や》蛮人《ばんじん》をわたしの案内人にするのは、われらファルバーニの民を貴君らが侮蔑《ぶべつ》しているに等しいことだぞ！」

ティラナが語気を強くした。船上での出会いからここまでの間に鬱積《うっせき》した不満が、とうとう爆発したようだ。小さな体で精一杯のすごみを出そうとしている。マトバの態度も褒《ほ》められたものではなかったが、外交問題にするほどの話でもあるまいに。

「ですが、ミズ・エクセディリカ……」

本部長が口ごもってから、ロス主任を一瞥《いちべつ》する。

ロスがすぐに彼の言葉をついだ。

「礼儀についてはおっしゃるとおりだが、マトバ刑事はほかの条件にはすべて合致している。サンテレサ市警の中でも、彼はきわめて優秀な警察官《ポリス・オフィサー》だ。いくつもの難事件を解決し、人命救助でも勲章《くんしょう》を受けている。土地勘もコネクションも豊富な男だ。軍の強襲《きょうしゅう》偵察《ていさつ》部隊にいたので、『戦いの技術《アート・オブ・ウオー》』についても造詣《ぞうけい》が深い」

「この男が?」

ティラナが改めて吟味《ぎんみ》するように、マトバの顔をしげしげと見つめた。だが、彼女の目に浮かんだのは、否定的な色だった。

「そうは見えんな。だいいちわたしは——」

言いかけたティラナを遮《さえぎ》って、主任はこう言った。

「礼儀だけは完璧《かんぺき》で、ほかの役には立たない男がご所望《しょもう》なら、ご用意する。もっとも、それであなた方にとって大切な『妖精《フィエル》』が保護できるとは思わないが」

「…………」

「それでも典礼や見てくれの方が大事ですかな? 好きか嫌いかは、この際、度外視していただきたいのがわれわれの本音なのだが」

3

けっきょくロス主任と本部長の考えがそのまま通ってしまった。

マトバとしては、これ以上、上司ともめることの方が面倒だったし、主任の言うことにも『一理はある』と考え直したのだ。セマーニ世界の移民が五〇万を超えたこのサンテレサ市で、セマーニ人の警官がいない今の状況には限界がある。

セマーニ人のことはセマーニ人にしかわからない。

それは事実だ。現場でやってきたマトバだからこそ、認めないわけにはいかなかった。

むしろ意外なのはティラナの方だった。

主任たちの前で渋々と折れたマトバは、あのセマーニ人が自分を断固拒絶することを期待していたのだ。だが、ティラナは彼と組むことを承諾した。彼女にとっても、妖精を取り戻すことが最優先なのだろう。ティラナ・エクセディリカは『ケー・イマトゥバが能書き通りの優秀なボリス戦士』だと納得できる限りは、ひとまずの『案内役』として行動を共にしてもいいと本部長たちに告げた。

余計なことを。

お互い嫌い合っているのだから、そこまでの縁でお別れにしておけばいいではないか。

口にこそ出さなかったが、ケイ・マトバは全身から猛烈な不機嫌オーラを放出しながら、本部長室を後にした。ティラナを一〇階の休憩所で待たせておき、資料課から取り寄せた分厚い前科者リストを押しつけておく。

「なんだ、これは？」

「目を通しておけ。用事がある」

彼はそれだけ告げて、ティラナを置き去りにしてオフィスに向かった。

特別風紀班のオフィスは本部ビルの一〇階にあるのだが、ビル内の案内図にはその部署名が表記されていない。オフィスへの入り口も同様で、目立たない質素なドアに『資材管理課』のプレートが貼《は》り付けてあるだけだ。組織犯罪の捜査やおとり捜査を日常的に行っているセクションなので、セキュリティが高くなっている。

ここで働く刑事たちも、普段は市警本部の正面玄関から出勤するようなことはしない。一ブロック離れた地下鉄駅から、『従業員用』の地下通路を通ってこの本部ビルの地下にアクセスしている。まるでスパイ映画の秘密基地といった趣《おもむき》だが、これは必要な措置《そち》だった。麻薬の売人やらポン引きやらの顔も持っている捜査官が、堂々と警察のビルに入るところを、偶然どこかの『同業者』に目撃される危険を避けるためだ。

風紀《バイス》班のオフィスに入る。

オフィスの情景そのものは、ごく平凡なサンテレサ市警の刑事部屋といったところだ。うすい水色のボードで区切られた机が一八席ほど。それぞれに古臭いＰＣが置いてあるほかは、その席の刑事ごとに好き勝手なレイアウトだ。壁にはカレンダーやら予定表やら出欠表やら。部屋の奥はガラス板で仕切られた主任のオフィスになっている。

　すでに出勤している同僚の刑事たちと顔を合わせる。五回以上は『リックは残念だった』という言葉を聞かされた。マトバは超人的な忍耐力で、すべて同じように『ああ、俺《おれ》もだよ』と答えることに成功した。

　六人目のトニー・マクビー刑事は身も世もなくぼろぼろと涙をこぼしながら、マトバにすがりついてきて『ひどいわ。あなたも辛《つら》いでしょう、ケイ』だのと当たり前のことを泣き叫んだ。トニーはすごくいい奴《やつ》なんだがゲイなので、彼の肩をさすって慰《なぐさ》めるのはえらく体裁《ていさい》が悪かった。

　リック・フューリィの机に残っていた私物を片づける。

　思うところは山ほどあったが、感傷はすべて頭から締め出した。彼の仇《かたき》を討ちたいなら、ウエットな気分は締め出さなければならない。ごく淡々と、ダンボール箱に彼の私物をしまっていく。ゴルフのトロフィー、家族の写真、読みかけの小説、古びたｉＰｏｄ、靴みがきのセット、エトセトラ、エトセトラ……。

　一時間ほどで片付けと書類仕事を済ませ、マトバはオフィスを後にした。ティラナを待たせておいた休憩所に戻る。通りかかった警官たちは、一人残らず好奇の視線を彼女に投げかけているようだった。

「知った顔は見つかったか?」

「いや」

分厚い前科者ファイルを膝《ひざ》の上にのせ、ティラナが無表情で答えた。

「同じようなファイルがAからZまであと五〇冊ある。見えるか、向こうの部屋だ。三日やるから、全部目を通しておけ。簡単だろ?」

するとティラナは憮然《ぶぜん》として言った。

「その間に、おまえは自分の好きな仕事に精を出すというわけだな」

「おまえさんが気にすることじゃないさ」

「程度の低い嫌がらせだな、ケー・イマトゥバ。だが勘違いするな。おまえと行動を共にすることは承諾したが、おまえの命令に従うなどと言った覚えはない」

「そうかね」

「これ以上、下品な顔の羅列《られつ》を見続けるつもりはないぞ。写真《ピクチヤー》ごときを珍しがるほどの田舎《いなか》者でもない。わたしをつれていけ」

やっぱりそうなるか。

肩をすくめ、マトバは廊下を歩きだした。

「だったら来いよ。一緒に見てくれ」

「なにをだ？」
「ゾンビさ」

サンテレサ市の検屍局《けんしきょく》は市警本部のすぐ向かいにある。正面のブルーバー通りを突っ切って渡れば三〇秒の距離だ。例の地下道は使わず本部ビルの裏口から出ていき、昼どきの車道を横切っていった。ティラナはなにも言わずにマトバに付き従った。

検屍局は煉瓦《れんが》造りの四階建てビルだった。地下の死体置き場には、昨夜マトバが撃った『ピースマーク』の男がまだ保管されている。

書類棚を思わせるラックの一つから、その遺体が引っ張り出される。青白く変色した死者を見下ろし、検死官のセシル・エップスは言った。

「もうすぐ搬出《はんしゅつ》しちゃうところだったんだけど」

セシルはまだ若い法医学者だ。サンテレサ市警で働きだしてから二年くらいになる。まだ二〇代だ。暗めのスーツに白衣。ブラウンの髪はショートボブに切りそろえている。輪郭《りんかく》も目鼻立ちも話し方も晴れやかで、そこらのグラビアに出しても恥ずかしくないくらいの美人だったが——これは職業病といってもいいのだろう。その肌の色は暗く青白かった。

「所見《しょけん》を言ってみる？」
「いや。もう読んだからいい」

れない?」

「そう。あなたの撃った九ミリ弾で死んだのは間違いなさそうね。多発銃創《じゅうそう》。貫通がひとつ、盲管《もうかん》がふたつ。体中に飛び散った弾を探すのに苦労したわ。できれば次から別の弾頭にしてくれない?」

「考えとくよ、セシル」

そう言いながらも、マトバは殺傷力《さっしょうりょく》の高いホローポイント弾の使用をやめるつもりはなかった。一歩間違えば、ここに寝そべっているのは自分になるかもしれなかったのだ。武運《ぶうん》つたなく凶悪犯に殺される覚悟はそれなりにあったが、この検屍局《けんしきょく》でセシルに腹を切り開かれて、はらわたをいじり回されたり息子の長さを計測されたりするのはまっぴら御免《ごめん》だった。以前に彼女とうまくいかなくなった理由のうちにも、そんな気分がなかったとは言えないのだ。

ティラナは無表情でフィリピン人の死体を見下ろしている。少しは動揺でもするかと思っていたのだが、なにかの嫌悪や恐怖が彼女の横顔にあらわれることはまったくなかった。小娘のやせ我慢というわけでもないようだ。

それなりに場数《ばかず》は踏んでいるのだろうか?

そうでなければ、この手の死体を前にしてここまで平然としていられるわけがない。

「……で? わざわざこのお化け屋敷においでいただいたってことは、なにか確認することがあるんじゃないの?」

セシルが言った。

「俺《おれ》に撃たれて本当に二キロ走ったのか確認したかったんだが」

「だれかが死体を運んだ可能性？」

「ああ」

「それはないわ。自力で二キロ走って、そこで死んだのは確実」

「ふむ」

「乳酸と酸素濃度の数値が面白かったわよ。あなたに撃たれて五〇〇メートル走ったあたりで、彼は臨床《りんしょう》的には『死んで』いたけど、それからさらに一五〇〇メートル走ったことになる計算だったから」

「まるでゾンビだ」

「六月にセマーニがらみの法医学シンポジウムがあるのよ。これネタにしていい？」

「ご自由に。薬物の反応は？」

「なにも。ビールをちょっと飲んでただけね。胃にはどろどろのチキンと茄子《なす》とチーズと、なんかのパンくず。たぶんピザかハンバーガーね」

気分の悪くなるような話をしながら、セシルは壁の時計を見た。

「そういえば昼食がまだだったのよね。あとでなんか食べにいく？」

「いや。今度にするよ」

「そう、残念」

　セシルはそう言って死体袋のジップロックに手をかけた。彼女の繊細《せんさい》な指先は、爪《つめ》のまわりがうっすら紫色に染まっている。ニンヒドリンだったか何だったか。遺体から指紋を検出するときに使う特殊な蛍光塗料によるものだ。聞いた話では、一度こびりつくといくら洗っても三日は消えないのだという。

「とにかく、薬物はなかったわ」

「それはどうかな」

　それまで黙っていたティラナが、ぽつりと言った。セシルは初めて彼女の存在に気付いたように、セマーニ人の真っ白な顔をしげしげと眺めた。

「えーと？　失礼、こちらのきれいなお嬢さんは？」

「向こうの貴族様だよ。そこのホトケが持ってた妖精を捜しにきた」

「あらそう。わたしはセシル・エップス。よろしく、お嬢さん」

「エクセディリカだ。お嬢さんではない。……ドリーニの薬がどういうものなのかは知らないが、この男からは妖精《フィエル》の匂《にお》いがする」

　死体袋の隙間《すきま》から顔をのぞかせている死体を見下ろし、ティラナは言った。

「匂い？」

「そうだ。フィエルが発する『ラーテナ』の香りだ」

「えーと……ラーテナって？」

その香りをかごうとしたのか、セシルは小鼻をふんふんとさせた。

「ラーテナはラーテナだ」

「それじゃ分かんないんだけど……」

セシルの問いかけるような目が自分に向いているのに気付き、マトバは口を開いた。

「俺《おれ》もよくは知らん。セマーニ人の魔術のエネルギー源みたいなもんだと聞いたことがあるが」

「ああ。マナみたいなものね」

セシルはあっさりと納得した。

「マナ？　なんだそりゃ」

「ファンタジーRPGとかやったことないの、ケイ？　そういう魔法エネルギーが、たまに出てくるんだけど」

「知らない」

マトバはそうしたゲームにはまるで関心がなかった。HPと聞けば『ホロー・ポイント弾』、MPと聞けば『ミリタリー・ポリス』しか連想できないような男が、そんな言葉を知っているわけがない。

「……で？　そのラーテナの香りってのは何なんだ？　匂いで妖精が追えるんだったら、ありがたいんだがね。この死体の匂いを警察犬にかがせて、町中を歩かせればいい」

マトバが言うと、ティラナは軽蔑《けいべつ》混じりのため息をもらした。

「おまえは頭が足りないのか？　わたしが『香り』といったのは、それがおまえたちドリーニの言葉でいちばん近い表現だからだ。ほかに強《し》いて挙げれば『感じ《フィーリング》』か。実際に鼻で嗅《か》ぐようなものではない」

「そうかい。で、なんでそれがおまえには分かるんだ？」

「魔法使い《ミルディータ》なら当然のことだ」

すまし顔でティラナが言った。

「魔法が使えると？」

「少しはな」

「ふむ。じゃあその魔法で犯人がどこにいるのか捜してくれよ。それで万事解決だ」

マトバの皮肉にもティラナは怒ろうとしなかった。ただ心底あわれむような視線を彼に投げかけただけだ。

「おまえには想像力というものがないようだな、ケー・イマトゥバ。おまえの頼みは、ドリーニの道具でいえば『フライパンで文字を書け』とでも言っているようなものだ。術《ミルディ》は偉大だが万能ではない。その貧しい頭にたたき込んでおけ」

「おおせのままに、閣下《ハイネス》。高貴なる役立たずの、ありがたいお言葉を胸に刻んでおくとするよ」

ティラナがにらみつける。マトバはそっぽを向く。険悪なムードを傍観していたセシルはあわてもせず、むしろ興味深そうにマトバを眺めてから、調子外れな声で言った。

「えーと？　あなたたちって、仲が悪いわけね？」

「そう見えるなら、そうなんだろうな」

「わたしがこの男に感じている嫌悪について言っているならば、イエスだ」

「あ、そう」

セシルはうなずいてから、荷台の上の死体を指さした。

「で？　それはさておき。この死体から漂う『妖精のラーテナの香り』ってのは何なの？　話が途中だったと思うんだけど」

肝心な点を指摘されて、マトバとティラナはばつが悪そうに咳払《せきばら》いした。


ティラナが指摘したのは、『妖精の粉《フェアリー・ダスト》』のことだった。

死んだフィリピン人は、フェアリー・ダストの常用者だったというのだ。

フェアリー・ダストはセマーニ産の妖精を原料にした、奇妙な麻薬だ。細かい製法によって効果は異なるが、多くは強い恍惚《こうこつ》感をもたらし、幻覚を伴《ともな》うという。ほかには痛覚を麻痺《まひ》させたり、瞬間的に知的活動を活性化させたり、飛躍的に運動能力や反射神経を増強させたりすることもあるという。

麻薬と呼ばれるだけあって、フェアリー・ダストには強い習慣性がある。

数度くらい摂取しただけでは違いは出てこないが、常用者になってくるとさまざまな禁断症状を引き起こす。頭痛や嘔吐《おうと》、被害妄想《ひがいもうそう》や錯乱《さくらん》など、典型的なあれこれだが、中でも一番顕著《けんちょ》なのが、極度の無気力だといわれている。死んだフィリピン人にもその兆候はあったはずだが、マトバにはそれが見抜けなかった。

ティラナが言うには、怪力を発揮して人間を殺傷させるほどの『人間操作』の術を施《ほどこ》すには、その対象がフェアリー・ダストの常用者でなければならないのだという。

興味深い話だったが、それが直接の手かがりにはならない。

フェアリー・ダストはその気になれば、どこでも入手できる代物《しろもの》だからだ。やはり生きている方のフィリピン人から、あの妖精をどこから手に入れたのか、あれこれと聞きださないことには始まらない。

マトバは市警本部に戻って、例の『5—0《ファイヴ・オー》』のTシャツの方のフィリピン人に手厳しい尋問を試みた。

締め上げてみればあっさりと白状した。

彼らはあの妖精を、コロンビア系のギャングの車から盗んだのだという。

「……つまり、そのコロンビアンのギャングスターとやらを締め上げればいい、というわけだな?」

クーパーSの助手席に乗り込み、ティラナが言った。今度は乗る前に腰の鞘《さや》を外し、危なげもなくドアを閉めていた。

「まあ、おおざっぱに言えばそういうことになる」

「そのギャングスターはどこにいる」

「それをこれから捜す」

ティラナ・エクセディリカは当然のように付いてきて、当然のように車に乗り、そして当然のように質問してくる。わざわざ答える俺《おれ》も相当なお人好《ひとよ》しだな、と思いながら、マトバは車を急発進させた。

「にゅっ……」

セマーニ人がまた変な声を出す。

表情はあくまで冷静を装っているのだが、背中をシートに押しつけ、車の真っ正面を凝視《ぎようし》し、両手で剣の鞘をぎゅっと握っている。

沿岸警備隊の基地から市警本部へ案内したときも思ったことなのだが――。

（こいつは車が苦手なんじゃないのか？）

セマーニ世界にも馬に似た生き物は存在するし、馬車のような乗り物もあるわけなのだが、その馬車がどの程度の速度で走れるか？　まあ、時速八〇キロは無理だろう。五〇キロさえ出せないかもしれない。せいぜい二〇キロから三〇キロといったところなのではないか。地球の乗り物の速度は未体験なのかもしれない。

「なるほど」

マトバはつぶやき、シフトレバーを五速に入れた。

スロットルを踏み込むと、スーパーチャージャーがうなり声をあげ、車体をさらに加速させる。右へ左へと車線を変え、道ゆく乗用車やトラックを追い抜きまくる。けたたましいクラクションとブレーキの音。信号や標識が迫っては去り、車窓《しゃそう》の景色が突風と化す。

「っ……！」

ティラナのただでさえ白い指先が、剣の柄《え》を強く握っているせいで、さらに白くなっている。それをマトバはちらりと見て、

「急ぎなもんでな。怖くなったら言ってくれ」

と、そっけなく告げた。

「こ、怖いだと？　馬鹿を言うな。好きなだけ……っ！　……急ぐがいいぞっ」

ぎりぎりの距離でドアミラーのそばを通り過ぎていくトラックの車体を見送りながら、ティラナが言った。

「おおせのままに。……そうそう、こういうときは音楽だよな」

カーステレオを起動し、八〇年代のハードロックをがんがん鳴らす。激しいビートと暴力的なメロディ。きのうからうんざりすることばかりだったが、ようやくまともな気分が戻ってきた。いい感じだ。

一方のティラナは耳をふさぎ、

「なんだ、この騒音は!?」

と、悲鳴に近い声をあげた。

「ロックだ！」

「なに!?」

「野蛮人《ドリーニ》の必需品《ひつじゅひん》だよ！　どうだ、楽しいもんだろ！」

ドラムに合わせてステアリングを叩《たた》きながら、マトバは大声をあげた。


ニューギネス通りからマデイラ通りへ。時刻は午後の三時を回ったところだった。

サンテレサ市の西部、『セブン・マイルズ』と呼ばれる地域に入る。この一帯を受け持っているのはサンテレサ市警《STPD》第七分署で、担当地区の距離が南北両端で最大七マイルある。ギャング組織も乱立していて、月単位でその勢力図もころころと変わっている。

要するに、観光客向けではない街ということだ。

マトバは目当てのクラブの前で車を停《と》めてから、蒼白《そうはく》になったティラナの顔をしげしげと見つめた。

「やはり目立つな」

「なにがだ?」

目の下に隈《くま》を浮かべ、ティラナが言った。

「おまえだよ。なんというのか……白人というより、超白人だ。なにを食ってたらそんなに肌が真っ白になるんだ？　故郷《くに》に変な温泉でもあるのか」

「知らぬ。生まれたときからこうだ」

「服装まで白い。えらい浮き世離れだ」

「優美だと言え。おまえの薄汚い衣装のほうが気になるぞ」

ティラナの短衣《チユニツク》と外套《がいとう》は、確かに調和のとれた意匠《いしよう》ではあった。七〇年代のファンク歌手みたいな装飾やら、自己主張の強い幾何学《きかがく》的な紋様やらも、セマーニ系の移民を見慣れていればそれほど奇妙ではない。

とはいえ、目立つ。

その美貌《びぼう》も、幼さも、服装も、なにもかもが目立つ。こんな娘を連れて歩けば、不必要に人の目を引いてしまうだろう。

「ここで待っていろ。……と言っても聞かないんだろうな」

「当然だ」

マトバはため息をついた。

「じゃあ勝手にしろ。ただしなるべく俺《おれ》から離れて歩けよ。友達だと思われたくない」

「わたしもだ。できるだけ話しかけるな」

「ふん」

車を降りてクラブへ向かう。少し遅れてティラナもついてきた。

まだ日は高いし、ネオンの看板は灯《あか》りが消えている。女の脚をかたどった安っぽいイラストと、『レディ・チャペル』なる店名。ガラス戸のノブには『CLOSED』のプレートがかかっている。店に入るとき、背後でティラナが『クェニースバ……』とつぶやいていた。ファルバー二語で『ひどい』だの『悪趣味』だのという意味だったか。

薄暗い店内に入ると、体重が一二〇キロはあろうかというスーツ姿の黒人男がのしのしと近づいてきた。この店の用心棒だ。

「開店は一九時からだ。あとで――」

言いかけて、むすっとしたマトバの顔に気付く。

「おう、失礼。サムラーイ・オフィサー」

「ケニー。オニールの野郎はいるな？」

「ええ、まあ。向こうで電話中っすよ。……そっちのスケ《ビッチ》は？」

巨漢のケニーがティラナをちらりと見て眉《まゆ》をひそめた。

「気にするな」

「おいおい、宇宙人じゃねえか。俺は奴《やつ》らが大嫌いなんですよ」

「だったら好きにしな。通るぞ」

ささっとケニーの横を通り過ぎたマトバに、ティラナがちょこちょこと続く。だがケニーが遮《さえぎ》った。

「待ちな、嬢ちゃん」

「なんだ?」

「マトバの旦那《だんな》は構わねえが、おまえさんは出て行け」

さて見ものだぞ、とマトバは思った。

こわもてで、自分の三倍くらいの体重のケニーを前にして、あの娘はどう反応するだろうか? 軽くトラブって、うろたえてくれれば上出来だ。別に意地悪でこう仕向けたわけではない。ティラナがケニーにおびえれば、『こういう連中がこの街には山ほどいる。おまえは本部に帰っておとなしくしていろ』と言い含めることができるだろう。かくして自分は子守から解放というわけだ。

ティラナは棒立ちして、自分よりもはるか頭上にあるケニーの顔を見上げている。

「聞こえなかったのか、嬢ちゃん? とっとと回れ右して——」

ティラナが身をひるがえした。くるりと右に一回転しつつ、鞘《さや》から銀色の光が一閃《いっせん》する。空気を切り裂く刃風《はふう》。チンッ、と小気味のいい金属音が響くと、細身の剣はすでに鞘へと戻っていた。

「っ……」

ケニーは立ちすくんでいた。ややあって、彼のネクタイが結び目のすぐ下あたりから切り離されて、はらりと床に落ちた。

「回れ右して、なんだ?」

「……お通りください、ミス」

「よろしい」

なにごともなかったように、ティラナはケニーの横を通り過ぎた。用心棒は悲嘆もあらわに、『くそったれ。一五〇ドルのネクタイだぞ』だのとつぶやいていた。

「おびえて助けを求めるとでも思っていたのか?」

マトバの顔をのぞきこみ、ティラナが言った。みずからの手練《しゅれん》を誇るというより、『わたしもなめられたものだ』とでも思っているような目だった。

「いや……まあ、そうだな」

予想外の成り行きだった。

剣の扱いに慣れていそうだとは思っていたが、ケニーのようなマッチョをこうもたやすくあしらってみせるとは。幼い外見にだまされると、痛い目を見ることになりそうだ。

「わたしはミルヴォアの準騎士《バルシュ》だぞ。そこらの子供と一緒にするな」

「子供みたいだという自覚はあるんだな」

「わ……わたしはすこし発育が遅いだけだ！　無礼なことを申すな！」

「ふん」

ささやかな企《たくら》みは失敗に終わったようなので、あきらめて店の奥へと向かう。用があるのはオーナーのオニールという男だ。

椅子《いす》がさかさまに置かれたテーブル席の間を抜けていくと、奥のボックス席に詰《つ》め襟《えり》の僧服姿の黒人男がいた。奴《やつ》がオニールだ。頭をつるりと丸坊主に剃《そ》り上げて、丸いサングラスをかけている。卓上にはノートパソコンと一〇〇〇ドル紙幣の束。どこかのだれかと携帯電話で話している。

「……うむ、そうだ！　なかなか良いビジネスになると思う！　わかるかね？　その罪深き若者たちから、五〇インチの液晶モニター五〇台がわれわれにもたらされたのは、まさしく神の御業《みわざ》にほかならない。言うならばそれは、エトナ山の頂《いただき》に供せられた――」

そこまで言ったところで、スキンヘッドの僧服男はマトバたちに気付き、声のトーンを落とした。どうせ盗品がらみの商談だったのだろう。

「――いや。あー、その五〇台というのは一種のアナロジーだ。そのような物品は存在しない。……あー、そうではない。……そのことについては後日説明する。ビジネスというのも一種の比喩《ひゆ》で、神学的な要素を多分に含んだ表現だ。……いや、そのあたりはご理解いただきたい。いやいや、客がきた。君にも神の祝福を！　ごきげんよう！」

一方的に電話を切って、男は何事もなかったかのようにマトバたちを見上げた。

「エーイメン！　いやはや申し訳なかった、マトバ刑事！　きょうも神の息吹《いぶき》を感じているかな？　そちらの美しいお嬢さんはセマーニ人のようだが……ようこそ、わたしの奉仕活動の現場に！　ゆっくりとくつろいでいってくれたまえ。なにか飲み物はどうかな？」

「オニール。景気がよさそうだな」

その男――ビズ・オニールはごく平静に電話をしまい、ふかふかのソファーの上で居住まいを正した。自称・牧師で、あれこれと怪しい商売に手を出している。裏世界の事情に詳しいため、マトバはオニールを情報屋の一人としてしばしば『利用』していた。

「景気がいいなどとは、悲しいことを言う！」

オニールは胸に手をあて、天井を仰《あお》ぎ見た。

「マトバ刑事、君は新聞を読まないのかね？　このサンテレサ市は失業と金融不安、犯罪率の増加に常にあえいでいるではないか。その市井《しせい》の中心で、人々の辛苦《しんく》を分かち合うべく努力している神のしもべにとって、好景気は最も縁遠い言葉だ！」

「そうかい。でも聞こえたな。え？　五〇インチのモニターが五〇台だったか？」

「おそらく気のせいだろう。神の声を聞くには、まだ君は若すぎるだろうからな」

「七分署の窃盗《せっとう》課に問い合わせてもいいんだぜ」

テーブルにどんと両手をついて、マトバはオニールのサングラスをのぞきこんだ。

「ふむ！」

オニールは眉《まゆ》をひそめ、なにやらひとりごちてうなずいた。

「私が君の力になれることがあるのなら、私なりに相談に乗れるだろう。懺悔《ざんげ》でもなんでも。言ってみたまえ。光ある言葉を聞きたいかね？」

「俺《おれ》はな、オニール」

と、マトバは大げさに顔をしかめてみせた。

「面倒な手続きやら、持って回った会話が大嫌いなんだよ。おまえは宗教論争の類《たぐ》いがお好みなのかもしれねえけどな。俺はまっぴらだ」

「それは残念至極《しごく》だ。あー、暴力的解決方法は、私のもっとも忌《い》み嫌うところであり、このサンテレサ市の治安を預かる立場の君からそういう言葉を聞くことは、まさしく！　遺憾《いかん》というよりほかかない」

「うるさい」

マトバは一言で切って捨てた。

「コロンビア人を捜している。車はここ最近のモデルで、たぶんミツビシのパジェロだ。『ゲート』であれこれ商売してる連中らしい。最近向こうから『妖精』を運んできたか、買ったかって奴《やつ》なんだが」

生き残った方のフィリピン人から聞いたあれこれを並べ立てながら、マトバは言った。

「ほう？」

「おまえが知ってりゃ、おまえ流の神様のご意志でいい商談が成立する。知らないってんなら、剣と天秤《てんびん》を持った『裁判所の女神様』がおまえを呼びつけるって寸法だ。五〇インチの豪華モニターやら何やらの件でな。わかるだろう?」

「シンプルだな、マトバ刑事。だがそんな調子では、君の良心はいずれサタンの手に堕《お》ちるぞ!」

「俺ン家は天台宗《てんだいしゅう》だ。サタンなんぞ知るか」

「ブッディストは温厚だと聞いていたのだが……。なにしろ発祥《はっしょう》の地から異教徒に追い出されるほどだからな」

「俺は手厳しいぞ。知ってるのか知らねえのか、はっきりしろ」

するとオニールは深いため息をついて、こう言った。

「まあ、知らないこともない」

「ほう」

「この『教会』に出入りするコロンビア人は道徳的かつ勤勉な労働者たちなのだが。頻繁《ひんぱん》にセマーニ世界とこちらとを行き来している連中もいるそうだ。その中に……」

「いるわけだな?」

「まあ、イエスだ。しかし凶暴な連中なのでな。私としては、それ相応のギャランティを要求したい。私が彼らの名を君に告げたと知れたら、連中はこの神秘の殿堂、神の道を実践する魅力的空間を、めちゃくちゃにするだろう。そう。それこそ、向こう一か月は商売ができないように」

「俺《おれ》なら永遠にできないようにするぜ。ためしにひと暴れしてみせるか？」

「言うと思ったぞ、兄弟！」

そうつぶやき、オニールは卓上の白いナプキンをつまむと、ぱたぱたと自分の眼前で振り回した。


「まるでディリオネのようだったな」

オニール牧師からおおよその情報を聞き、車に戻って走り出してから、助手席のティラナが言った。

「ディリオネ？」

聞き覚えはあるような気がしたが、思い出せなかった。

「おまえとあの『神官』の会話だ。『コント』とかいう言葉があったか？　それだ。売れないディリオネ使いを彷彿《ほうふつ》とさせたぞ」

「おもしろかったのか？」

「いや、とても退屈だった」

「そうかい」

特にこれといった感慨もなく、マトバはステアリングを切って交差点を曲がった。時刻は五時を過ぎたころで、乾いた街の風景は、ゆっくりと黄昏《たそがれ》の色に染まろうとしているところだった。

「あのオニールはな、特別なんだよ。いろいろあちこちに情報屋はいるが……あいつはかなり変なタイプだ」

「そうなのか」

「ここだけの話だがな。オニールは悪党だが、ああみえて殺しやクスリは嫌ってる。いかがわしいセミナーを開いたり、募金を募《つの》ったり、うさんくさい物品の仲買をしたり。だが、そここには信用できる。ま、憎めない奴《やつ》ってことさ」

「わたしには下劣《げれつ》な盗人《ぬすっと》にしか見えなかったが？」

冷ややかにティラナは言った。

「それもまあ、間違ってはいない」

「ならば、なぜあんな男を頼ろうとするのだ？」

「必要だからさ」

「そうは思えない」

語気を荒らげ、セマーニ人の女騎士は言った。

「ケー・イマトゥバ。おまえの無礼な態度や数々の嫌がらせは、甘んじて受け入れよう。『ローマ国にいるときはローマ人のようにふるまえ』というイングリッシュも、わたしは知っている。だが、これには納得がいかない。おまえたちボリスというのは、正義の執行者ではないのか？　軍隊《ミリタリー》とは異なり、万民《ばんみん》を助け、悪《あ》しき行いをくじくのがボリスなのだと、わたしはそう聞いていた。ドリーニにもそうした戦士たちがいると聞いて、わたしはいくばくかの期待を抱《いだ》いていたのだ。それが……」

ティラナの喉《のど》が、ごくりと動いた。

「盗人《ぬすっと》と取引だと？　彼らの悪行《あくぎょう》に見て見ぬふりをして？　わたしにはとても信じられない。おまえたちボリスには誇りというものがないのか？」

「…………」

それまでと同じように鼻で笑ってあしらうことはできなかった。『世間知らずめ』と笑うには、その少女の声はどこまでも真剣すぎた。

ティラナの言う通りなのだ。

警察というのは、本来、そうしたもののはずなのだ。

「いろいろ複雑なんだ」

どうにかこうにか、マトバは言った。

「万民を助け、悪しきをくじく。それで済んだ時代もあったんだろうがね。いまは……まあ、えらく複雑なんだよ」

「わたしには分からない」

「みんなそうさ」

二人を乗せた車は走り続ける。

交差点を抜けて速度を上げるとき、マトバはクラッチペダルを、すこし丁寧《ていねい》に戻した。この地区に来るとき、荒々しくスロットルを踏み込んで助手席の人間を散々怖がらせた男にしては、とてもやさしいミッションのつなぎ方だった。

4

オニールの情報から、コロンビア人の名前が特定できた。このサンテレサ市に、向こうから『妖精』を持ち込んだ男だ。

あきれたことに、オニールは自分の経営するクラブにやってきた車のナンバーを、ほとんど控えていた。そこから出てきためぼしいナンバーを絞り込み、七分署の知人に問い合わせて待つことしばし。ほどなく目当てのコロンビア人の住所が判明する。

アントニオ・アルバレス。年齢は二四歳。逮捕歴は二回。

『メイソン通りの五〇八一番地。六〇三号室だ。いいか、これで貸し一つだからな、ケイ』

「ありがとよ、ロイ」

電話の向こうの七分署の巡査部長——警察学校《アカデミー》時代の同期だ——に愛想よく答えたが、マトバはこれっぽっちも借りを作ったとは考えなかった。調べようと思えば、別のルートからも分かったことだ。こうして問い合わせることで、地元の分署に一種の『挨拶《あいさつ》』をしたにすぎない。市警本部の刑事と分署の刑事との微妙な関係をふまえた、ちょっとした外交儀礼という奴《やつ》だ。

続いてロス主任に連絡をとる。

『成果はあったか？』

「すこしは」

マトバは主任に、コロンビア人のすみかを告げた。

「もともとはそのアルバレスってコロンビア人が妖精をこの街《サンテレサ》に運びこんだらしい。フィリピン人はただの盗人《ぬすっと》ですよ。今頃アルバレスは、大事な商品をなくしてビビりまくってるでしょうね。妖精を取り戻そうと躍起《やっき》になってるか、もしくはこの街からトンズラこいてるか。まあ、その辺はこれから分かるでしょうが」

『バックアップは必要か？』

SWATなどの突入班を用意するかどうか、主任は聞いているのだった。

「いや、大丈夫でしょう。三〇分たっても連絡がなかったら心配してください」

『わかった。あのセマーニ人――エクセディリカはどうしている？』

「助手席にいますよ。声でも聞かせますか？」

そう言ってマトバは携帯電話のレシーバーをティラナに向けた。

「『ハロー《セィ・ハロー》』と言え」

「なに？」

ティラナが怪訝《けげん》顔をすると、無線の向こうでロスが言った。

『聞こえた。彼女には怪我《けが》をさせるなよ』

「まあ、努力します」

『踏み込むのは少し待て』

「どうしてです」

『地元の七分署に話を通す。横やりが入るのも面倒だろう』

「話なら通しましたよ。ロイに」

『今回は別だ。セマーニ人のＶＩＰが横にいるのだからな。正規のルートで署長に便宜《べんぎ》を図ってもらう』

くそっ。これだよ。

マトバは内心で毒づいた。

「……了解。なるべく急いでくださいよ」

そばの路上に車を停《と》める。『セブン・マイルズ』の住宅街のそば。平屋造りの建物が立ち並ぶ地域の、路地の近くだ。

「ここで待機だ」

エンジンを切ってマトバが言うと、ティラナは剣の柄《え》を握る指の力をようやくゆるめた。

「これからそのコロンビア人をとらえるのだな？」

「まあな。でも主任のＧＯサインまでおとなしくしろ、ってことだ」

座席の背もたれに体を押しつけ、マトバは低いうなり声をあげた。

もう日が沈みかけている。アルバレスの部屋の窓には明かりがついていた。腹ごしらえをしたいところだったが、それはこの件が済んでからにすべきだろう。普通のコンビだったら、片方が監視を続けて、もう片方がその辺で食い物でも買ってくるところなのだが、このティラナになにかを任せる気にはとてもなれなかった。

ラジオをつけると、スーパーボウルの中継が流れた。

サンテレサ市内での競技ではなく、アトランタの競技場からだ。去年のＡＦＣはまたペイトリオッツの圧勝で、同僚たちは『つまらないシーズンだった』だのと口々にこぼしていたが、マトバはもとからフットボールには興味がなかった。だが野球の観戦は大好きだ。なにしろ日本にはすばらしい選手がたくさんいる。

「わけがわからない」

放送を聞いていたティラナがぼやいた。

「このレイディオから出ている声は、何の話をしているのだ?」

「スポーツだ。地球人の代理戦争だよ」

「……?」

「おまえさんの国にだってスポーツくらいあるだろ。それともあれか。ローマの剣闘士《グラディエイター》みたいに殺し合いを見世物にするのか」

「それに似た見世物はわたしの世界にもある」

意外なことに、ティラナは剣闘士《グラディエイター》という言葉を知っているようだった。

「わたしの国では二〇〇年以上行われていないがな。木剣を使った御前試合《ごぜんじあい》ならよく催されているぞ」

「意外だな。それなりに人命が尊重されているってわけか」

「当然だ。工房から毒をばらまいたり、さずかったばかりの子供を殺したりしても罪に問われないような、おまえたちドリーニとは違う」

「公害と中絶かい。それも複雑な問題なんだがな。まあ、政治的な話はやめておくが」

「政治ではない。道徳だ」

「なんだっていいさ」

中継を聞きながらぼんやりしていたのは一五分ほどだったか。

互いにほとんど会話を交わすことはなかったが、ふと、車外を見ていたティラナが言った。

「ファルバーニャ」

「?」

「ファルバーニ人。セマーニ人だ。いまそこを通った」

マトバから見える視界の片隅《かたすみ》、正面の幅広い車道を、黒いコート姿の男が横切っていき、すぐに角の向こうに消えた。顔はほとんど見えなかった。

「この界隈《かいわい》にセマーニ人はいないのだったな?」

「多くはないけどな。だが、いないわけでもない」

たいした関心も見せずにマトバが言う。ティラナは目を細め、男の消えた角の先を、じっと見つめていた。黙っていたのは三〇秒くらいか。またティラナが口を開いた。

「匂《にお》いがした」

「そうかい。まあ、田舎《いなか》くさいのはおまえら宇宙人の共通点だしな」

「愚《おろ》か者。ラーテナだ。あの死体と同じ匂いがしたと言っている」

「む……」

深々と背中を預けていたシートから身を起こし、マトバは男の消えた角の先を目で追った。もう見えない。だが、その男が消えた方向は、問題のコロンビア人、アルバレスのアパートの入り口の方だった。

まさか……？

一瞬、躊躇《ちゅうちょ》する。主任からGOサインは出ていない。

いや、知ったことか。

「やばい」

マトバはすぐさま決断し、ドアを開けて車外に飛び出した。腰の後ろから自動拳銃《けんじゅう》を引き抜きつつ、アルバレスのアパートへと走り出す。

「踏み込むのだな？」

当然のようにティラナがついてきた。マトバは立ち止まって彼女をにらみつけた。

「だめだ、おまえは残っていろ」

「そうはいかんぞ」

「ふざけるな！　おまえが何の役に立つ？　いいからおとなしく……」

いや、だめだ、時間が惜しい。口論している暇《ひま》はない。

「くそっ、勝手にしろ」

舌打ちしてからマトバは走った。歩道を駆け抜け、アパートの入り口のフェンスを蹴《け》破り、郵便受けの前を通り過ぎ——エレベーターはだめだ、いま六階だ——奥の階段へと走る。アルバレスの部屋は六階だ。三段飛ばしで階段を駆け上がる。弾丸のような速さで。女子供が追いついて来られるような勢いではないはずだったが、すぐ背後でティラナの足音と息づかいが聞こえた。

たまげた。付いてきやがる。

ひそかに驚きながらも、マトバは振り向きもせず、がむしゃらに薄暗い階段を上がっていく。薄汚い壁が、錆《さ》びついた手すりが視界を流れていく。

そのとき一瞬、背後でなにかの強い光がまたたいた。壊れかけた蛍光灯が明滅《めいめつ》したのだろう——急いでいたマトバはそれくらいにしか考えなかった。

三階、四階、五階。ようやく六階。

さすがに息が切れる。自衛隊でしごかれてたころとは違うな、と自嘲《じちょう》気味に思う。

六階の廊下に出た。目当ては六〇三号室だ。

「なんてこった」

やっぱりだ。六〇三号室のドアが半開きになっていた。外から破られたのだ。

まだ間に合うかもしれない。マトバは一縷《いちる》の望みを託し、警察のアカデミーやら軍のキリング・ハウスやらで習った室内掃討《クリアリング》の手順を全部無視して、六〇三号室にまっすぐ踏み込んだ。

頼りは己《おのれ》の勘と経験、反射神経だ。

シックなモノトーンでまとめた内装だった。

玄関を抜ける。通路の左右に寝室とバスルーム。だれもいない。鋭い視線を向けつつ通過。リビングに入る。三〇インチのモニターの前、色あせたワインレッドのソファーに、二人の男がいた。

一人は浅黒い肌のコロンビア人だった。ソファーに仰向けに寝そべって、口と喉《のど》からごぼごぼと鮮血をほとばしらせていた。もう一人は黒いコートのセマーニ人で、反《そ》り身のナイフを手に握り、死にゆく男を見下ろしていた。

「動くな、警察だ！」

九ミリ拳銃《けんじゅう》を両手でまっすぐ構え、マトバは叫んだ。

男がこちらを見る。ナイフを握った右手が動く。

一閃《いっせん》。ナイフが空《くう》を切って回転し、マトバの頭に迫る。危ういところで頬《ほお》をかすめ、ナイフが背後のドアに突き刺さる。

いや。突き刺さるなどといった生やさしい表現では足りなかった。そのナイフは戸板をぶちぬいて向こう側の壁に、柄《つか》からめり込んで止まった。そのドアを固定していたはずの蝶番《ちょうつがい》がねじまがって、けたたましい音と共に戸口から外れて倒れた。

とんでもない馬鹿力だ。常人のなせる業《わざ》ではなかった。

肝《きも》を冷やす暇《ひま》もない。すぐさまマトバは発砲しようとした。ほとんど同時に、横合いからどすんと衝撃。ティラナが彼を押しのけたのだ。照準がそれて、弾《たま》が外れる。身を翻《ひるがえ》して逃げようとする男を追って、ティラナの剣が弧《こ》を描《えが》く。すばやく飛び退《すさ》った男の鼻先を、ティラナの剣の切っ先がかすめる。

男の身のこなしは人間離れしていた。

空中で一回転。窓の手前に着地して、男が振り返りざまに拳銃《けんじゅう》を抜く。いや、拳銃ではない。マシンピストルだ。イスラエル製のマイクロ・ウージー。

銃口が炎を噴いた。

横薙《よこな》ぎにフルオートで発砲。甲高い連続の発射音。

構わず追って斬《き》りかかろうとしたティラナの肩を、強引につかんで引き倒す。一瞬遅ければ蜂《はち》の巣《す》だ。倒れた二人の頭上を、数十発の九ミリ弾が通り過ぎる。

背後の壁に無数の弾痕《だんこん》がうがたれ、飾ってあった絵葉書を引き裂き、さらに花瓶《かびん》やスタンドライトを粉々に吹き飛ばした。

「くそったれ！」

宙を舞い散る建材の破片やガラス片。それらを頭から浴びながら、マトバは怒鳴って撃ち返した。ろくな照準さえできなかったが、こちらの動く隙《すき》を作るためだ。すこしでもひるんでくれれば——。

相手はまったくひるまなかった。

まるで自分の命そのものに関心がないかのように、機械的に後退しながら、的確な射撃を繰り出してくる。マトバは遮蔽物《しゃへいぶつ》からほとんど顔を出せない。銃撃が一時的にやむ。敵が弾倉《だんそう》をリロードしようとする。いまだ。

身を起こし射撃。たて続けに三発。胴体にたたきこむ。

男は倒れない。平然とマシンピストルのボルトを引いて、銃口を向けてくる。さらに激しい銃撃。立ち上がろうとするティラナを押さえつけ、マトバは伏せる。

全弾を撃ちつくすと、男は部屋の奥の窓ガラスを突き破り、外のバルコニーに逃げてしまった。非常階段から地上へ走るつもりだ。

マトバとティラナは身を起こすと、まったく同時に怒鳴った。

『なぜ邪魔したっ!?』

マトバは射撃するところを押しのけられ、ティラナは斬《き》りかかるところを引き倒された。まったくひどいコンビネーションだったが、声を出すのは同時ときた。どんな冗談だ。

口論はあとだ。マトバはいまいましげに舌打ちして窓へと走る。

「追うぞ！　おまえは先回りしろ。エレベーターから――」

言いかけて頭をくしゃくしゃする。挟み撃ちなんて上等な真似《まね》を、この娘に任せられるわけがない。

「――いや、いい。おまえはここを動くな」

「そうはいかん、わたしが捕らえる」

「いいから、なにもするな！」

めいっぱいに凄《すご》みをきかせて怒鳴っても、ティラナはお構いなしに駆け出した。マトバの横をすり抜けて、ぶち破られた窓枠を乗り越える。

「待て！　相手はマシンガンだぞ!?」

あまりに無謀だ。そう言いかけたとき、彼はティラナの姿が一変していることに――ようやく――気付いた。

彼女はいつのまにか、白い鎧《よろい》を身に着けていた。

小さな体の主要な部分を、白銀に輝く紋様入りの鎧が覆っている。動きやすさを制限しないようにデザインされており、見るからに軽量そうには見えたが、さきほどまでのファルバーニ製の衣装とは明らかに違っている。

いったい、いつの間に？

鎧姿に着替える時間など、車を飛び出してからこれまで一秒たりともなかったはずだ。

「案ずるな。この鎧はドリーニの武具も能《よ》く防ぐ」

微笑とまではいかないくらいの、ごくリラックスした表情。その瞬間だけティラナの子供じみた姿が、熟練した戦士のように見えた。自分の出来ることと出来ないことをよくわきまえたプロの兵士や警官は、危険に直面したときにみなああいう顔をする。このときのティラナも同じだった。

ティラナが暗殺者を追って、窓枠の向こうに消えた。こうなったら先回りの役は自分がやるしかない。マトバは共通廊下へと引き返した。まだこの階で待っていたエレベーターに飛び込んで一階を押す。

エレベーターの降下中に考えを巡らせる。あの暗殺者は、リックを殺したフィリピン人と同じだ。セマーニ人の魔法使いに操《あやつ》られている。あの馬鹿力と生命力。恐怖や苦痛などまったく感じていないあの挙動。操り人形だとしたら、捕まえても何かの情報を引き出すことは難しいかもしれない。

とはいえ妙だ。なぜわざわざ、奴《やつ》を操る『魔法使い』は捨て駒《ごま》にマシンピストルで武装させ、自分たちに抵抗させたのか？　あのアルバレスというコロンビア人を殺しただけで、口封じは済んだはずではないのか。どうして逃げる必要があるのか。アルバレスを殺したあと、手にしたナイフで自殺させなかったのはなぜなのか?

エレベータが一階に着いた。

扉が開ききるのももどかしく、マトバは飛び出していく。バルコニーからの非常階段はアパートの西面にある。あの暗殺者は非常階段を駆け下りたら、そばの路地を北側へと走るはずだ。

路地裏に駆けつけたマトバは、セマーニ人の暗殺者が、ちょうど非常階段の二階と三階の間の踊り場にいるのを見た。ティラナは抜き身の剣を手に、三階の階段を駆け下りている。その彼女めがけて、男が銃口を向けていた。

「伏せ――」

フルオート射撃。銃撃の雨がティラナに襲いかかる。両手をクロスさせて頭部をかばう。肩、胸、腹、太股《ふともも》に銃弾が命中する。

「!」

ティラナが撃たれた。小さな体が着弾の衝撃で何度か震え、そのまま力なくしりもちをつき、倒れ、階段をずるずると滑り落ちる。

男が手すりを乗り越え、非常階段から地表へと飛び下りた。

「止まれ!」

ティラナの身を案ずるのは後回しだ。警官暮らしで染みついた習性から警告する。案の定、男はマシンピストルをこちらに向けた。マトバが撃つ。心臓付近に命中。それでも男の銃が火を噴く。でたらめに吐き出された銃弾の数々が、路面やビルの壁に当たってぱしっと弾《はじ》けた。

ごみ箱のそばに身を隠し、マトバは舌打ちした。貧弱な九ミリ弾ではどうにもならない。車に備え付けてある散弾銃を持ってくればよかった。強力なスラッグ弾をぶちこんでやれば、いくらゾンビだろうが一撃で行動不能になっただろうに。

（いや——）

そんな後悔をしている場合ではない。いま自分が盾《たて》にしているごみ箱など、紙切れのようなものだ。執拗《しつよう》に狙《ねら》われたら命が危《あや》うい。このままでは——。

そこでマトバの思考は中断された。

非常階段の二階から身を乗り出したティラナが、軽やかな身のこなしで飛び下り、その暗殺者を力いっぱい、背中から袈裟《けさ》がけに斬《き》りおろしたのだ。

左肩から右の脇腹まで、ほとんど一刀両断だ。

断末魔《だんまつま》の悲鳴など一切ない。男は無表情のまま、血煙《ちけむり》の中に崩れ落ちた。

遠くからパトカーのサイレンが聞こえる。足元には暗殺者の死体。

ぎすぎすした沈黙のあとに、マトバはティラナを怒鳴りつけた。

「いきなりばっさり、まっぷたつとはな！」

まともに銃撃を浴びたはずだったが、ティラナが怪我《けが》をした様子はなかった。暗殺者の銃弾を、彼女の鎧《よろい》が防いだのだ。白い板金《ばんきん》の表面には少しばかりの煤《すす》がこびりついているだけで、へこんでもいない。

人ひとりを殺した直後だというのに、ティラナは息ひとつ乱さず、水のように静かなままで、ただ彼を見つめていた。顔と鎧には、点々と真っ赤な返り血がついている。叱責《しっせき》に憮然《ぶぜん》とするわけでも、血に酔いしれるわけでもない。むしろなにも感じていないように見える。

街灯に照らされて、彼女の白さと足元に広がる血だまりが、薄闇《うすやみ》の中に浮き立っている。美《び》貌《ぼう》と幼さと暴力。扇情《せんじょう》的なコントラスト。はからずも生まれた絵画的な情景。血まみれの剣を持った美少女の、まさに幻想的なたたずまい。

だが彼は心を奪われたりなどしなかった。

殺すのは仕方ない。ああいう状況だった。だがそれは大人の仕事であるべきだ。こんな姿——無垢《むく》な少女の姿で、平然とああいうことをやってのけるティラナが、マトバにはやたらと腹立たしく思えた。

「これがおまえの言う正義ってやつかい。とんだドン・キ・ホーテだよ。とっつかまえて締め上げようとか、そういう発想ってもんがないのか？　この野郎で刺身でも作るつもりだったのか?」

　無茶なことを言っているのは分かっていた。自分だってこの男を撃ち殺そうとしていたのだ。射殺と斬殺《ざんさつ》に上下などないし、下手《へた》をしたら自分が向こうの路上で血を流して死んでいたかもしれない。

　ああ、そうだ。これはただの八つ当たりだ。

「あの男は術《ミルディ》で操《あやつ》られていた。捕らえたところで、何かを知っていたとは思えない」

　ようやくティラナが口を開いた。

「じゃあなんで奴《やつ》は逃げたんだ? 捨て駒《ごま》の操り人形なら抵抗させる必要はなかっただろうが。死んじまったら、手がかりにもならねえんだぞ」

　すると彼女はまなじりをあげ、刺すような視線を彼に投げかけた。

「おまえが殺されかけていたからだ、ドリーニ。感謝こそされ、恨《うら》み言《ごと》をいわれる筋合いはない」

「ほう。俺《おれ》を? 助けたつもりか」

「弱い者を守るのはミルヴォア騎士の務めだからな」

「余計なお世話だ。それに俺は弱くない。突撃バカの暴走を止めるくらいの分別《ふんべつ》はあるからな」

「わたしのことを言っているのか?」

「くそったれの宇宙人にも少しは想像力があるみてえだな。安心したよ。ついでに言っていいか？　俺《おれ》はだんだん、おまえが捜査の妨害をするために派遣されたんじゃないかって気がしてるんだがね」

「どういう意味だ」

「わざとやってねえか？」

芝居がかった笑顔を浮かべて、マトバはティラナの顔をのぞきこむ。だが彼の目はまったく笑っていなかった。

「どれだけお偉いのかは知らないがね。向こうでだれかに小遣《こづか》い銭《せん》でも摑《つか》まされてきたんじゃねえのか、って気がしてきたよ」

「なにが言いたい」

「たとえば、だ。あの妖精が保護されると都合の悪い奴《やつ》らが向こうにいて、そいつらに買収された騎士様がいる。騎士様がこの街にやってきて、捜査を攪乱《かくらん》する……とかな。さっきのドタバタがひどすぎたんで、そんな勘ぐりまでしたくなってきた」

次の瞬間、ティラナは長剣をひらめかせ、その刃をマトバの首筋にぴたりと当てた。

「最初で最後の警告だぞ、ケー・イマトゥバ」

熱く、震える声だった。爆発寸前の憤《ふん》怒《ぬ》を押し殺しているような形相《ぎょうそう》だ。小さな体が何倍にも膨《ふく》れ上がったように見えた。

「わたしに対して、その種の侮蔑《ぶべつ》を二度とするな。次は斬《き》る。本気だぞ」

「へえ。そうかい」

光る白刃《はくじん》を無関心な目で眺め、彼はつぶやいた。

「下賤《げせん》な野蛮人《ドリーニ》の俺ごときの言葉が、そんなに気に障《さわ》ったか」

「だまれ《ゼアージャ》！」

「へいへい」

マトバは肩をすくめて、腰だめに構えていた拳銃《けんじゅう》をかちりと鳴らした。撃鉄《ハンマー》を降ろした音だった。ティラナが剣を突きつけるのと同時に、その銃口を彼女のほっそりとした顎《あご》に向けていたのだ。

撃鉄の音ではじめて銃を向けられていたことに気付いたのだろう。彼女もすこしは驚いているようだった。

何事もなかったかのように銃をホルスターに戻す。怒りに冷や水をぶっかけてやったことだし、これ以上バカないさかいを続けていても仕方がない。

棒立ちしているティラナに背を向けて、マトバは暗殺者の死体のそばにしゃがみ、男の持ち物を調べはじめた。

「銃は密造品だな。イスラエルの正規品のデッドコピーだ。だとしても、この手の銃をセマーニ人が入手するのは難しい。ほかには……あー。逃走用の現金しか持ってない。免許証も就労ビザもない。もちろんビデオショップのポイントカードもだ」

男のポケットから皺《しわ》だらけの紙幣とコインを取り出し、ため息をついて元に戻す。それからティラナを肩越しに振り返り、ぼそりと言った。

「なあ。ひとつ聞いときたいんだが」

「なんだ……？」

「おまえさんは本気で犯人《ホシ》を捕らえて、妖精を取り戻したいんだな？」

「もちろんだ」

すこしばつが悪そうに長剣を鞘《さや》に戻し、ティラナは言った。

「実は俺《おれ》もなんだ。だってのに、なんで俺らはこんな薄汚い路地裏で、みっともなく怒鳴り合ったり武器を突きつけ合ったりしてるんだろうな」

「…………」

「まあいいさ。とにかく仕事の続きだ。おまえは地元のパトカーが来るまでここにいろ。死体を見張ってるんだ」

マトバは立ち上がり、表通りの方へと歩き出した。

「どこへ行く？」

「さっきのアルバレスの部屋だ。調べたいことがある」

ティラナは『自分も行く』とは言わなかった。おとなしくその場で待つつもりのようだ。マトバはアパートの正面玄関からふたたびエレベーターに乗り、六〇三号室に向かった。同じアパートの住人たちが共通廊下にあふれ、遠巻きに六〇三号室をとりまき、不安げな顔であれこれとささやき合っている。

「どいてくれ、警察だ」

彼はその人垣《ひとがき》をかきわけ、部屋に入った。

銃撃戦の跡《あと》も生々しいままだ。リビングには例のコロンビア人、アルバレスの死体が転がっている。ベッドルームにはボストンバックが口を開いたまま置いてあり、衣類が散らかったままになっていた。どうやら荷造りの最中だったようだ。逃走するつもりだったのか。

アルバレスの死体を改める。財布と鍵束《かぎたば》を持ったままだった。

だが、携帯電話がない。

ベッドルームの据え置き電話を探した。これもあるべきところに電話がない。リビングにもだ。電話線を引きちぎるようにして持ち去られていた。

「くそっ」

やられた。電話の履歴が調べられない。メールやファックスのやりとりもだ。マトバたちが暗殺者を追っていった直後に、もう一人のだれかがこの部屋に入ってきて、足が付きそうな物品を手際よく掃除していったのだ。たいした度胸ではないか。

何者かが、あの暗殺者——操《あやつ》り人形に抵抗と逃走をさせたのは、これが狙《ねら》いだったのだろう。自分とティラナを部屋から追い払いたかったのだ。

もちろん電話会社に問い合わせれば、通話記録は分かるだろう。だがそれには裁判所の命令が要《い》るし、手続きが済むまでは数時間かかる。その数時間に、『敵』はほかの掃除を終えているはずだ。アルバレスがどういう男たちとどういう会話をしたのかは、これでまったく分からなくなった。

マトバは共通廊下に戻って、住人たちに不審者を見なかったかとたずねて回った。だれも見ていなかった。それでもマトバはしつこくアルバレスの部屋を嗅《か》ぎ回った。なにも出てこなかった。あとは鑑識《かんしき》待ちだが、たぶん期待はできないだろう。

敵は手強い。狡猾《こうかつ》だ。

それまで彼は、この事件をあくまで麻薬がらみのギャングが起こしたものだと捉《とら》えていた。きわめて高純度の麻薬をめぐったチンピラたちの争奪戦。その程度のものだろうと考えていた。だが、どうも違う。

犯人側のこの手際の良さが、事件の深刻さを証明していた。あの妖精が、よほどのものだと考えるよりほかない。単純にＶＩＰだというだけではなく、もっと根の深い事情があるのではないか？

そしてティラナだ。

あのセマーニ人騎士が妖精を取り戻したいのは本心のようだが、彼女もなにかを隠している。このタイミングで彼女がこの街にやってきて、自分がお守り役を押しつけられたのも、考えてみれば妙なタイミングだった。セマーニ世界と交流が始まってもう一〇年以上だ。もう少しこちらの流儀に理解を示してくれる外交官を派遣してきてもおかしくないはずである。

ところが、やって来たのはあの小娘だ。なにか裏があるのではないか。

（いったいどうなってるんだ？）

疑問だらけだ。マトバは首を振って舌打ちした。

表通りが騒がしくなってきた。ようやく地元のパトカーがサイレンを鳴らしてやってきたのだ。遅い到着だった。最近はどの管区でも、いつもこうなのだ。サンテレサ市の治安は悪化しているのに、予算や人手が圧倒的に足りない。

マトバは急いでアパートを出ていった。バッジも持たないティラナが、斬殺《ざんさつ》死体を前にして警官たちと押し問答を始めるのは目に見えていたからだ。

突入許可が出ていなかったのにアルバレスの部屋に踏み込んだことを、ロス主任はとがめなかった。そうした場合のマトバたちの判断を、彼は常に尊重している。現場に着いてからすぐに突入していれば、アルバレスを死なせずに済んだのだから、主任の便宜《べんぎ》がむしろ裏目に出たという事実もある。

『それよりも問題は襲撃が起きたタイミングだ』

無線の向こうでロス主任が言った。

『アルバレスが監視されていたのか、あるいは漏洩《ろうえい》があったか』

その通りだった。マトバたちがアルバレスを押さえる直前に、偶然、襲撃があったとは考えにくい。捜査の手がアルバレスに迫ったのを受けて、敵は奴《やつ》を消しにかかったのではないか。驚くべき対応の早さだったが、敵はどうやってそれを知ったのか？

「わかりませんね。いずれにしても、可能性は星の数ほどある」

『例のオニールという情報屋は？』

「奴が犯人にタレこんだ可能性もある。奴の用心棒のケニーかもしれない。七分署の誰かかもしれない。あんたかもしれないし、俺《おれ》かもしれない。この勇ましい女騎士様だけは除外していいでしょうがね。なにしろこいつは電話のかけ方も知らない」

助手席のティラナがむっとした。

「知ってるぞ。本で読んだ」

「本当か？　すげえ。物知りなんだな」

こめかみをひくひくさせて睨《にら》みつけるティラナを無視して、マトバは相談を続ける。

「……そういうわけで、報告は最低限にしときますよ。できれば直接口頭《こうとう》で」

『いいだろう。だが慎重に事を運べ。やはりこの件は、ただのギャング絡《がら》みとは様子が違うようだ』

「了解。……いくぞ」

無線を切ると、マトバは車を加速させた。

「どこに行くのだ？」

ティラナがたずねる。彼女はすでに普段着に戻っていた。あのとき着けていた鎧《よろい》はどこにもない。

「あちこちさ。オニールがタレこんだかどうか、いちおう確認しとく。それからアルバレスの知り合いをしらみつぶしに当たってみる。コロンビアの兄弟たち、それからボート業者。『ゲート』を行き交いできる船乗りがアルバレスと妖精を運んだはずだからな」

「密輸業者だな。見当はついているのか？」

「俺の部署の名前を言ってみろよ」

「特別風紀班」

「そういうことだ」

特別風紀班が扱う事件は、主に麻薬や武器、その他違法品の密輸・密売と、それに付随《ふずい》してくる様々な犯罪だ。潜入捜査も行っている。当然、密輸業者の情報も数多く握っており、あえて泳がせている者もいる。

「業者のほかには――女だな。特定の女がいたかどうかは分からんが」

「それで成果が出るのか」

「さあな。地道にいくさ」

5

オニールの店を再訪してから、コロンビア人の関係者も片端《かたはし》から当たってみたが、どれもはずれだった。情報漏洩《ろうえい》についても、オニールはシロだ。

ローラー作戦よろしく、地元の刑事にも動員をかけたいところだったが、どこから情報が漏《も》れているのかも分からない状況では、かかわる人数は最低限にしたかった。信用のできる特別風紀班の人員が何組か手伝いに回ってくれることになったが、それも明日以降だと主任は言った。なにしろ彼らも別件で忙しい身なのだ。

手がかりも得られないまま、マトバはその日の仕事を終わらせざるを得なかった。

「きょうはやめだ。明日からもハードだろうしな。帰って寝る」

夜中の二時を過ぎたころ、彼はティラナに宣言した。あくびをかみ殺して、狭苦しい運転席で伸びをする。

「そうか」

ティラナも特に反対はしなかった。もともと口数が多い娘ではなかったが、二四時を回ったころから極端に無口になっている。車での移動中、まぶたをとろんとさせているくらいなので、やはり眠いのだろう。船旅の後に、到着するなり街中をかけずり回ったのだ。さすがに疲れているはずだった。

「宿はどこだ。送ってやる」

別に親切心ではなかった。この場で放り出しても、ティラナ一人で宿まで行けるかどうか疑問だったからだ。

「ミスティック・バレスという宿だと聞いている。荷物も運んであるはずだ」

ミスティック・パレス。このサンテレサ市でも指折りの高級ホテルだ。各国の要人がよく利用するほか、国際会議の会場に選ばれることも多い。中央街の三番街にあるので、現在地からはすぐだった。

「領事館《りょうじかん》じゃないのか?」

サンテレサ市にはファルバーニ王国の領事館もある。領事の公邸《こうてい》もだ。セマーニ世界から来訪した貴族は、このどちらかに宿泊するのが普通だった。

「領事の世話にはならない。事情があるのだ」

「どんな事情だ」

「簡単に言えば宮廷《きゅうてい》内の力関係だ」

そう前置きして、ティラナは全然簡単ではない説明をはじめた。

「ここの領事ヴィタルマ子爵《ししゃく》は、宮廷内で隠然《いんぜん》とした力をお持ちの前宰相《ぜんさいしょう》ケレーシャ侯爵《こうしゃく》の娘婿《むすめむこ》だ。ナバート伯《はく》アグマーダ卿《きょう》の甥御《おいご》でもあり、デンザニ派のカシュダル枢機《すうき》卿猊下《けいげいか》とも親しくおつきあいされている。しかるにわがミルヴォア騎士団《サランダ》の『団の長者《テーベ・イエ・サランダ》』、エムサグリヤ閣下《かっか》はデヴォル大公殿下《たいこうでんか》の縁者にあたり、また歴史的にも閣下のお家はデンザニ派と確執《かくしつ》がある。恐れながら御年《おとし》を召された国王陛下のお世継ぎについても、デヴォル大公殿下とケレーシャ侯閣下のお考えは違っている。臣民にお慕いされているナーヤ姫殿下を、何者かが弑《しい》し奉《たてまつ》ろうとする事件さえあったと噂《うわさ》されており、ケレーシャ侯はこの件について——」

「待った、待った」

マトバはうんざりとした様子で手を振った。

「つまり、どういうことなんだ?」

「…………。騎士団《サランダ》に属するわたしは領事の世話にはなれない、ということだ」

複雑怪奇な宮廷《きゅうてい》政治の話を遮《さえぎ》られたティラナは、不服そうに言った。

「最初からそう言えよ。ややこしい」

「わたしはそう言ったぞ!」

「へいへい」

ほどなく問題のホテルに着く。お世辞《せじ》にも高級車とは呼べない車にもかかわらず、ドアマンは丁重至極《ていちょうしごく》な態度でティラナを出迎えた。

「明日の一〇時に迎えに来る」

別れ際にマトバは告げ、ガソリンスタンドのレシートの裏に電話番号を走り書きして、彼女に手渡した。

「なにかあったら電話しろ。俺《おれ》の携帯番号だ」

「わかった」

「部屋にまっすぐ行って、おとなしく寝ろ。トラブルは御免《ごめん》だからな」

「案ずるな。わたしは子供ではない」

「いや、どこからどう見ても子供だから心配なんだ」

「わ……わたしはこれでも二七だ！」

ティラナが頰《ほお》を膨《ふく》らませる。このセマーニ人少女が感情らしいものを見せるのは、たいていが怒ったときばかりだ。

「セマーニ年齢でだろ。まあどうでもいい。じゃあな」

「穏やかな夜を《ネーヴェ・シーヤ》」

ぶっきらぼうにファルバーニ語の『おやすみなさい』を告げ、ティラナはホテルに入っていった。変なところで挨拶《あいさつ》には律儀《りちぎ》な娘である。

やれやれ。やっと一人だ。

マトバはほっと一息ついて、車を自宅のあるニューコンプトンの港湾《こうわん》部へと走らせた。途中で売れ残りの新聞を買い、よく行くファミレスで夜食をとる。顔見知りのパートの店員と世間話。新聞のスポーツ面をのんびりと読んでから、別件の捜査の野暮《やぼ》用《よう》を電話ですませ、帰路につく。

車に戻って駐車場を出ると、電話が入った。番号は非通知。どこかの公衆電話らしい。

相手はティラナだった。

「なんだ」

うんざりした声でマトバは言った。

『ホテルを追い出された』

「はあ?」

『武具の持ち込みを認めないと言うのだ。わたしの長剣《クレーゲ》をよこせと』

「セキュリティ重視か。立派なホテルじゃねえか。預けとけよ」

『そうはいかん。長剣《クレーゲ》は騎士《サラシュ》の命に等しい。おまえたちドリーニには想像もつかないことだろうが……』

どことなく打ちひしがれた声にも聞こえる。ホテル側との悶着《もんちゃく》でくたびれたのだろう。

「……いや、まあ、地球《こっち》でも大昔はそういう習慣あったけどな。『ローマ国にいるときは』っておまえも言ってただろ。おとなしく郷《ごう》に従えよ」

『いや。これだけは駄目なのだ』

「じゃあその辺の公園で野宿しな。俺《おれ》は知らん」

さっさと電話を切る。今夜はこれ以上、あの小娘に振り回されるのはまっぴらだった。それにティラナは暗殺者を一刀両断にするような腕前だ。放っておいても、身の安全を心配する必要などないだろう。

倉庫街の自宅に戻る。車庫のシャッターを上げるために車外に出た。『ミラージュ・ゲート』からの海流・気流の影響で、冬のサンテレサ市は低緯度にもかかわらず、きびしい寒さだった。

空気が冷たい。息が白い。中央街でも野宿はつらい季節だ。

「あー……」

ひとりでうめく。また悪い虫が騒ぎ出していた。この虫のおかげで、自分はいまも不都合な生活を強《し》いられているというのに。

（なんなんだろうな、まったく）

馬鹿げていると思いながらも、彼は車に戻った。スロットルを踏み込み、港湾部《こうわん》を出て中心街へ。そう遠い距離ではない。

三番街とその周辺を流していると、スカッシュ場のある小さな公園のベンチに、知った後ろ姿が座っているのを見つけた。ティラナだ。外套《がいとう》を着込んで身を縮め、首に絹のマフラーを巻き付け、むっつりと地面を眺めている。ここで夜を明かすつもりらしい。

（まったく……）

クラクションを鳴らすと、すぐに彼女は振り返った。こちらに気付いて、きょとんとしている。

「乗れよ」

助手席の窓を開いて叫び、手招きする。ティラナはためらっているようで、すぐには動かなかった。

「いいから来いって」

ようやく彼女は立ち上がった。革製のバッグ数個を重たげに持ち上げ、よたよたとこちらに近づいてくる。顔はむすっとしたままだ。

車を降りて、トランクを開ける。ティラナが持ってきた手荷物を、マトバは黙ってトランクに放り込んだ。

「どういうつもりだ……？」

「言っただろ、明日からもハードだって。風邪ひかれても面倒だからな」

「…………」

「市警本部の仮眠室はいつも満員だ。セマーニ人を嫌ってる警官も多い。俺《おれ》の部屋で寝ろ」

ティラナが目を丸くした。

「お……おまえの部屋だと？」

「心配すんな、襲ったりしねえよ」

「あ、当たり前だ！　わ、わたしが問題にしているのは、そうしたことではなく、つまりその、なにか変な問題が起きるかどうかでは断じてなくて、おまえのようなドリーニの部屋に一晩でも厄介《やっかい》になる事実が、悪い風評《ふうひょう》をもたらすのではないかと、そういう懸念《けねん》とか危険とかがあるのではないかと……」

「なに赤くなってんだ」

「あ、赤くなってなどいない！　とにかくわたしが言いたいのは、万一そのような風評がたった場合、こ、今後あれこれとお互いの名誉にとって重大な不利益がもたらされるかもしれなくて、その、あの、とにかくそういうのは……困る」

「誰にも言わなきゃいいだろ？　ほら、乗った乗った」

いいかげん面倒くさくなってきて、マトバはぞんざいに彼女の背中を押した。


それでもぶつぶつと言っているティラナを乗せて、マトバの車は倉庫街の自宅に戻った。一階の車庫に車を置いて、二階の部屋へ。ティラナは落ち着かない様子であちこちをきょろきょろと見回している。

「こ……これが普通の家なのか？　ドリーニの家は、どれもあのアルバレスの部屋のようなものだと思っていたのだが……」

「ここは特殊なんだよ。気にするな」

「ふむ……」

例によってリビングに入る前にマスクをつけると、ティラナが怪訝《けげん》顔をした。

「なんだ、それは」

「マスクだ」

「なぜそんなものを?」

「猫アレルギーなんだよ」

いやいや説明してリビングに入る。待ちかねた様子で、黒猫が彼の足下へと飛んできた。障害が残っている後ろ足を引きずりながらなので、『まっしぐら』という調子には行かなかったが。

するとだしぬけにティラナが声をあげた。

「ケー!」

「?」

黒猫と、その喉《のど》を撫《な》でていたケイ・マトバが、同時に彼女を見上げた。

「ケー?」

「いや……わたしの国によく似た小動物がいるのだ」

微妙に頰《ほお》を紅潮させ、咳払《せきばら》いしてそっぽを向く。

「そのケー……いや、猫《キャット》の名前は?」

「クロイだが」

「変な名前だな……。おまえが名付けたのか?」

「ああ、黒いからクロイ。俺《おれ》の母国語からだ」

日系の友人からは『いや、クロだろ、普通』などとつっこまれるところなのだが、日本語をまったく知らないティラナはあっさり納得した様子だった。

「そうか。だがアレルギーというのは？」

「特定の動物や化学物質がそばにあると体調を崩す病気のことだ。猫だけじゃない。人によって合成繊維《せんい》や洗剤、豚肉やソバ・ヌードル。あれやこれやだ。体質の問題でな」

キャット・フードの缶詰を開けてクロイの前に置いてやる。クロイはひと鳴きしてから、かつかつと夜食に舌鼓《したつづみ》を打ち始めた。ティラナには近寄ろうとしない。彼女から漂う妙な緊張感が、敏感なクロイにはわかるのだろう。

「つまり、おまえは猫が嫌いなのか？」

「嫌いなわけじゃない。マスクなしでそばにいると、喘息《ぜんそく》になるんだ」

「ではなぜ、苦手な猫をわざわざ飼っている？」

「質問だらけだな。勘弁してくれよ」

言いながらマトバはキッチンに向かい、冷蔵庫から缶ビールを取り出した。マスクをさげて息を止め、くいっとあおってから、すぐにマスクを元に戻す。ティラナが答えを待ってじっとこちらを見ているのに気付き、彼はため息をついた。

「三か月くらい前かな。追跡中の麻薬ディーラーの車が、野良《のら》猫だったそいつを跳《は》ねたんだ」

話しながら、郵便受けから持ってきた郵便物を仕分けした。この倉庫の管理会社からの請求書がまた届いているのに気付き、舌打ちする。

「それで？」

「犯人《ホシ》はすぐに捕まえたし、事件そのものは丸く収まった。で、まあ、残った問題は……片足が千切《ちぎ》れそうになって死にかけた黒猫だったってわけだ。その場にいた同僚のトニーが獣医に連れてって一命はとりとめたが、見ての通り、障害が残った。足が不自由な野良《のら》猫なんて、放り出しても野垂《のた》れ死ぬだけだ。トニーの恋人――まあ男なんだが――そいつはえらい猫嫌いで引き取れない。俺《おれ》の相棒だったリックの家は小鳥を飼ってて猫はＮＧだ。ほかの同僚も似たり寄ったりで、面倒は見られない。……で、俺が一時的にそいつを引き取ることになった、ってわけだ」

「猫アレルギーなのに？」

「仕方ねえだろ。クロイがひかれたのは俺の責任だしな。だってのに、なかなかこいつの貰《もら》い手が見つからなくて……って、なんだよ」

ティラナがうつむき、肩を震わせていた。マトバの位置からは顔が見えなかったが、ひどく息が苦しそうだった。

「おまえも猫アレルギーだってのか？」

「いや……違う……」

そう言って顔を上げたティラナは、必死に笑いを押し殺していた。

これまで見てきた冷笑や嘲笑《ちょうしょう》ではない。まったくいやみのない、等身大の笑顔だった。ごく些細《ささい》なことがおかしくておかしくて仕方ない、そういう、地球のどこにでもいるような普通の少女の笑い方だった。

「そんなにおかしいか」

「すまぬ、ケー。だが……いや……これは……」

とうとう我慢ができなくなった様子で、彼女はくっくと声を漏《も》らして笑った。

食事を終えたクロイがティラナにひょこひょこと歩み寄り、喉《のど》を鳴らして彼女に体をすり寄せる。ティラナはひざまずいて猫の背中を撫《な》で、優しい声でファルバーニ語をつぶやいた。

「ケーヤ・クロイ・シー……」

たしか『いい子のクロイちゃん』くらいの意味だったか。初対面だというのに、ずいぶんな待遇の差だな、とマトバは思った。

「ケー・イマトゥバ。おまえは案外お人好《ひとよ》しのようだな」

「そうじゃない。野良猫を寒空《さむぞら》に放り出したら、夢見が悪くなる。ぐっすり寝付けないのは気分が悪い。けっきょくは自分のためだ。自己満足だよ」

「わたしもこの子と同じというわけか？」

「気に食わないいなら公園に帰りな。止めないぜ」

「いや。世話になる。気に入った」

「こんな部屋がか？」

「いや、このケーだ。ケーといっても、おまえのことではないぞ」

笑いながら外套《がいとう》を脱ぎ、ダイニングの椅子《いす》にひっかける。マトバはベッドルームから毛布を二枚ほど持ってきて、リビングのソファーに放り出した。

「俺《おれ》は寝る。おまえさんはソファーで寝ろ。バスルームは向こう。勝手に使え。冷蔵庫の中のものも勝手に食え。生水は飲むな。ガスコンロは使うな。ＯＫ？」

「わたしが、この狭い長椅子で寝るのか？」

「充分でかいじゃねえか。文句言うな」

「淑女《しゆくじよ》を長椅子に寝かせて、自分はベッドか」

「言っただろ、俺はアレルギーなんだ。こっちのリビングで猫と寝たら死ぬんだよ。ベッドルームは俺の聖域。野良《のら》猫の類《たぐ》いは立ち入り禁止だ。以上、説明終わり」

聖域に引っ込んでドアを閉めようとしたとき、ティラナが呼んだ。

「ケイ・マトバ」

「なんだ」

初めてまともに名前を呼ばれたことに、彼は驚いた。

「本当はすこし心細かったのだ。ありがとう《ダーシユ・ザンナ》」

「…………。そりゃどうも」

「ただし、変な気を起こすなよ。就寝中に近づいてきたら斬《き》るぞ。本気だからな」

「ばかいえ。子供なんぞに手を出すかよ」

「こ、子供だと!?　わたしはこれでも二七だぞ！」

「セマーニ年齢だろ。おやすみ《ネーヴェ・シーヤ》」

ドアをばたんと閉める。最近は日課となったドアまわりの清掃と洗浄をしていると、隣のリビングからティラナの声が聞こえてきた。クロイが心地よさそうに喉《のど》を鳴らしている。飽きもせずにあれこれかわいがっているのだろう。

（いかんな、どうも……）

調子が狂う。

身勝手でむかつく宇宙人の小娘ってことで、そのまま通して欲しかったのだが。それがどうだ。あの笑顔に、あの態度。ティラナを嫌いになれなくなってきた自分に気付いて、マトバは困惑していた。

鼻歌が聞こえた。ごそごそと衣擦《きぬず》れの音がする。着替えているのだろう。

ふと、ああいうセマーニ貴族の娘はどんな下着を着けているのだろうか、と思った。ぜんぜん胸がなかったが、ああいうのでもブラとかは着けるんだろうか？　そもそもセマーニ人にブラってのはあるのか？

（おいおいおい。ガキ相手になに想像してるんだ）

たしかにきれいな娘だし、実際の年齢差は一〇歳前後なのだろうが、それでもあいつの外見は中学生以下だ。ロリコンの気《け》がある男なら、いまごろそわそわしている状況なんだろう。だがあいにく自分は違う。そもそも自分の好みは、ごく慎《つつ》ましい大和撫子《やまとなでしこ》タイプで、決して剣をふりまわす宇宙人ではない。殺した相手の返り血を浴びて平然としているようなあいつでは、一〇〇年一緒に寝起きしたところでその気にはならないだろう。

ＯＫ。ムラムラはなし。

きわめて平常。

さっさと寝るべし。

缶ビールを飲み干してから、マトバはスーツを脱いでハンガーにかけた。

すこし気になることがあったので、本棚で埃《ほこり》をかぶっているファルバーニ語辞典を引っ張り出す。ティラナが自分を呼ぶときの、あの『ケー・イマトゥバ』についてだ。『ケー』が向こう世界の、猫に似た小動物なのは知っている。自分の名前とほぼ同じ発音だということも。だが、『イマトゥバ』は？　聞き覚えはあるのだが。どんな意味だったろうか。

「イマトゥバ……イマトゥバ……」

すぐに分かった。『おそろしい』の文語表現だった。ケー・イマトゥバは『おそるべき子猫』ということになる。つまりティラナは、人の名前を呼ぶたびに内心で笑っていたわけだ。

「あの宇宙人」

やっぱりいやな女だ。

いまいましげに舌打ちすると、彼はベッドに潜《もぐ》り込んだ。

●

寝静まった夜の工事現場——建設途中のフリーウェイの高架《こうか》に、三台の車が止まっていた。中心街から遠いためにあたりは暗く、眼下を通る一般道も車の行《ゆ》き来《き》はごく少ない。明かりは三台のヘッドライトだけだ。

なにもこんな場所で待ち合わせなくてもいいだろうに——。

パレスチナ人のアブ・カリームはコートの襟《えり》を引き寄せながら、そう思った。

カリームはパレスチナの民兵組織の一員である。中東でいくつかの爆弾テロをしかけ、イスラエル当局に追求されている身だ。後退した生《は》え際と豊かな口ひげ。これまで三回ほど整形手術を受けており、いまの容貌《ようぼう》はアングロサクソン系の気弱な中年男にしか見えない。声も、指紋も変えてあった。

カリームを出迎えたセマーニ人たちは八人ほど。リーダー格の男は黒塗りのメルセデス・ベンツのボンネットの上に腰掛け、車を降りてきたカリームに軽く手を振った。

「時間通りだね、ミスタ・カリーム」

そのセマーニ人の青年、エルバジは快活に笑った。

エルバジは透《す》き通るような白い肌、端正な顔立ち、大きな瞳《ひとみ》を持つ典型的なセマーニ人だった。ファルバーニ王国の人間にはよく見られる身体的特徴である。だが彼の服装はといえば、CDジャケットをあしらったトレーナーに、だぶだぶのウィンドブレーカー。靴はぴかぴかのスニーカーで、豪華な金のネックレスといったいでたちだ。いまは遠い八〇年代風か。一〇年前ならバカ丸出しといったところだが、最近ならばちょうどいい具合に一周して熟成されたスタイルとも言える。

カリームは軽くうなずいただけで、おもむろにトランクから銀色のアタッシュケースを取り出すと、セマーニ人たちの中に歩いていった。

「約束の前金だ」

カリームはケースを開けた。中の札束を軽く一瞥《いちべつ》すると、エルバジは手下の一人に『数えておけ』と告げた。手下はケースを抱えてメルセデスの後部座席に入っていった。

「OKだ、ミスタ・カリーム。残金は『商品』と引き替えで頼むよ」

「ああ。しかし君たちセマーニ人が、その種の冒瀆的な試みを本当に始めていたのは驚きだな。祟《たた》りやらなにやらを畏《おそ》れているとばかり思っていたが」

「もちろん怖いさ、兄弟《ブロー》」

エルバジはにんまりとした。

「大いなる竜神《りゅうじん》の怒《いか》りってやつだ。おっかねえよな。バリバリ、ズドン！　金玉も引っ込むような、どでかい火の玉が落ちるぜ。……で、玉なしの長老どもは卒倒するわけだ！」

エルバジは自分の喉首《のどくび》を両手で押さえ、窒息《ちっそく》しそうな男の真似《まね》をしてみせた。えらく剽軽《ひょうきん》な仕草だ。周囲の彼の部下たちもげらげらと笑う。

セマーニ人のエルバジが、ここまで地球の消費文明——アメリカ的な文明に適応していることが、カリームにとってはむしろ薄気味悪く感じられた。この男と話していると、地球人の自分の方があか抜けない田舎者《いなかもの》になったような気にさせられる。

「羽振りもよさそうだ」

皮肉混じりにカリームは言った。

「まあね！　かわいそうな妖精さんたちのおかげで、俺《おれ》らみんな楽しく生きていけるわけよ。わかるだろ？　このメルセデス。三〇万ドルだ。このアディダスは三〇〇〇ドル。ところが女は三ドルで楽しめる。安いだろ？　なぜだと思う？」

「いや、わからんが」

「俺がハンサムな色男だからさ。地球人の女はどいつもこいつも低能の淫売《いんばい》だからな。セマーニ人が色目を使えば、すぐに濡《ぬ》れ濡れでまたがってくる。ヤクを売ろうが、殺しをやろうがおかまいなしさ。でっかい目をウルウルさせた美男子なら全部許して股《また》を開いちまうんだよ！　いまどきマッチョは流行《はや》らない。まあ、俺《おれ》に言わせりゃ地球征服なんて簡単さ。せいぜい三世代も待てば、みんなセマーニの兄弟だからね」

　厳格な宗教原理主義者であるカリームにとっては反吐《へど》の出るような物言いだったが、あえて彼は黙っていた。この宇宙人たちとはあくまでビジネスの付き合いだ。主義主張のあれこれをすり合わせる必要はどこにもなかった。敵の敵は味方ということにすぎない。

　カリームは言った。

「私の関心は問題の商品のことだけだ。前金もこの通り支払った。成果を見せて欲しいものだな」

「もちろん。そのためにもお越しいただいたわけだしね。……おい、ゼラーダ！」

　エルバジはそばのライトバンに向かって叫んだ。

　ややあって、後部座席からのろのろと一人の男が姿を見せる。赤いコートに赤い山高帽。ズボンもスーツも深い赤。シャツや肌の白さを除けば、全身すべて赤一色だ。

　赤い男はしゃがれた声で言った。

「お呼びでしょうか、我が君……」

　セマーニ人だ。見たところの年齢は六〇過ぎか。やせ衰《おとろ》え皺《しわ》の刻まれた顔に、黒いサングラスをかけている。カリームはその男が盲目なのだとすぐに気付いた。手にした杖《つえ》でこつこつと路上をつつき、夜空に顔を上げたまま、頼りなげな足取りでエルバジたちに近づいてくる。

「ミスタ・カリーム。導師《ボオザ》ゼラーダを紹介しよう」

エルバジが男の手を取って言った。ゼラーダと呼ばれた男は帽子を取って胸の前にあて、うやうやしく一礼する。

「お会いできて光栄至極《しごく》にございます、カリーム様……」

カリームは本能的に、その男から得体《えたい》の知れない気配を感じ取った。カリームも少年時代から民兵組織の一員として闘争運動に参加し、各国当局の目を盗みながらこれまで生き延びてきた男である。恐るべき技能を備えた暗殺者や傭兵《ようへい》を何人も見てきた。その彼らと導師《ボオザ》ゼラーダからは、同じ危険の匂《にお》いが漂っているのだ。

触れれば火傷《やけど》するような熱さではない。むしろ冷たさだ。触れればこちらの手の皮が張り付いて、ずたずたにひき裂かれてしまうような冷たさだ。

「彼が例の魔法使いかね」

無意識に男から距離をとりつつ、カリームは言った。

「そう。ゼラーダは、いまは亡き俺の家に仕えてた一族の最後の一人でね。死人《しびと》を操《あやつ》る術《ミルディ》に秀《ひい》でている」

「もったいなきお言葉。せめてもの御奉公《ごほうこう》にと覚えただけの、つたなき術《わざ》にございます……」

導師ゼラーダは笑った。老人のようにも見える男だったが、笑ったときにちらついた歯は白く生えそろっている。それがカリームにはことさら奇妙に思えた。

「……いま死人と言ったな。セマーニ人の魔法が操《あやつ》るのは、『妖精の粉《フエアリー・ダスト》』の中毒患者だと聞いていたのだが」

死人に用などない。生きている人間を自在に操ってこそ、彼の組織が必要とする混乱、必要とする殺戮《さつりく》を引き起こせるのだから。

「カリーム様。妖精《フイエル》の気《ラーテナ》に魅入《みい》られ、御魂《みたま》を虜《とりこ》にされた者は、もはや生きながらにして死人《しびと》でございます。私の術《わざ》は健《すこ》やかなる御魂をお持ちの御仁《ごじん》には毛ほども通じませぬ」

「ふむ……」

「そこであんたがご所望《しよもう》の商品ってわけだ！」

ぱちん、とエルバジが両手を叩《たた》き、配下の者からボストンバッグを受け取った。ファスナーを開け、中からガラスのシリンダーを取り出す。ハーフガロンのボトルくらいのサイズで、両極にバッテリーと電子回路が取り付けてあり、頑丈な強化プラスチックのケースがそれをおおっていた。

「それが『精神弾頭』か？」

「こいつは試作品だけどね。下級妖精の一部を使ってるだけだから。範囲はせいぜい五〜六メートルかな。ただし効果はばっちりだよ。被爆した人間はたちまち中毒患者と同じ状態になる。一時的な至福感と永続的な禁断症状。つまりゼラーダ風に言うなら……」

「はい。御魂を虜にされ死人になる、ということでございます」

ゼラーダが穏やかな笑みを浮かべた。

「その説明は前にも聞いた。組織はこの商談に前向きなのだが、私個人としてはにわかに信じがたい」

「そう来ると思った。そこで……そろそろかな?」

エルバジはカリームの考えを見透《みす》かしたように笑い、ちらりと腕時計を見た。

遠くから一台の車が走ってきた。エルバジたちのいる建設中の高架《こうか》の突端に、一対のヘッドライトがみるみると近づいてきて、手前一〇メートルくらいのところで停車した。

パトカーだった。

「きたきた」

「どういうことだ?」

カリームが緊張して言うと、エルバジが肩をすくめた。

「呼ばせたんだよ。九一一番でね。『不審者が工事現場で騒いでる』ってさ」

「なんだと?　いったい――」

「いいから、いいから」

両側のドアが開いて二人の警官が姿を見せた。一人はパトカーの前に出て拳銃《けんじゅう》を抜き、もう一人はドア越しに散弾銃を構えている。

「ここは立入禁止だぞ！　全員ゆっくりと両手を挙げて、膝《ひざ》をつけ！」

「あー、すみません！　もちろん抵抗はしませんよ、お巡《まわ》りさん！」

そう言ってエルバジは手にしたシリンダー——『精神弾頭』のダイヤルを回し、安全装置を解除した。電子的な『起爆装置』が活性化すると、フラッシュの充電装置に似た甲高《かんだか》い音がぴーん、と高まった。

「あとは投げるだけ。光はなるべく見ないようにね」

カリームにささやいてから、『精神弾頭』をパトカーめがけて放り投げる。その装置は放物線を描《えが》いて飛び、パトカーのボンネットにごとん、とぶつかって跳《は》ね、それから地面に落ちて転がった。直後、耳をつんざく音をたててシリンダーに鋭いひびが入り、目もくらむ閃光《せんこう》が一瞬だけあたりを包み込んだ。

「っ……‼」

警官たちが声にならない悲鳴をあげる。

カリームも閃光のまばゆさに思わず目を背《そむ》けた。まぶたの裏に残像が残り、脳天がくらくらとする。三半規管《さんはんきかん》がおかしくなったような気がして、彼はそばのボンネットに手をついた。

「ミスタ・カリーム。大丈夫かな？」

目をしばたたかせると、あたりはそれまで通りの薄闇《うすやみ》に戻っていた。

二人の警官はふらふらと立ち上がり、虚脱した様子で空中をぼんやり眺めている。拳銃《けんじゅう》も散弾銃も構えることを忘れ、ぶらりと提《さ》げたままだ。

「たちまちこの通り。あとはどうとでもなる。……ゼラーダ、どうだ?」

「はい、我が君。あのお二人はすでに死人《しびと》でございます」

ゼラーダは右手になにかの鉱石を握っていた。ごつごつとした表面はくすんだ銀色で、いくつかの紋様が彫り込んである。その鉱石を胸の前でゆらゆらと揺らし、聞き取れないほどの小声で何事かをつぶやく。

「よし。じゃあ敬礼させてみようか」

「仰《おお》せのままに」

ゼラーダが答えると、二人の警官は踵《かかと》を揃《そろ》えて背筋を伸ばし、カリームたちに向かって敬礼した。

「次はパトカーを一周」

警官たちは駆け足でパトカーの周りを一周した。

「片方を撃ち殺せ」

「はい」

散弾銃を持った方の警官が、無造作に相棒に銃口を向けて発砲した。

撃たれた警官は拳銃を放り出して背中から倒れ、路上でびくびくと痙攣《けいれん》する。その相棒に歩み寄ると、散弾銃の警官はたてつづけに二発、胸と頭を撃ってとどめをさした。

「かわいそうに！　死んじゃった！」

エルバジは自分の額《ひたい》をぱちんと叩《たた》き、息絶えた警官を指さした。

「さて、じゃあ次は……そうだな、ボンネットの上でダンスをさせろ」

相棒を撃ち殺したばかりの警官がボンネットの上に乗り、ぎくしゃくと腕や腰を振ってへたくそな踊りを披露《ひろう》する。

エルバジとその手下たちは腹を抱え、警官を指さして笑った。

確かにそのダンスは滑稽《こっけい》だった。だがその警官にはまったく表情がない。むごたらしい殺人の直後に、ひどく不気味なダンスを踊るロボットのようだ。カリームは笑う気持ちには到底《とうてい》なれなかった。

「はっは……ゼラーダ！　おまえはダンスのセンスがいまいちみたいだな！」

「恐れ入ります、我が君」

ゼラーダは苦笑するだけだ。とりわけ恥じ入った様子でもないようだった。エルバジはひとしきり笑ってから、目尻《めじり》の涙を拭《ふ》いてカリームの腕をぽんぽんと叩いた。

「どうだい、面白いだろ？　な？　な？」

「効能は分かったが、この魔法で何人まで操《あやつ》れるんだね？」

冷たい声でカリームは言った。

「何人でも。そうだったよな、ゼラーダ」

「はい。かつて私めが試したのは一〇〇人までですが、いにしえの導師たちは五千とも一万ともいわれる軍勢を操ったと伝えられております」

一万という数字は彼にも信じがたいことだったが、一〇〇人を操ったことがあるという話だけでも、この魔術師に凄絶《せいぜつ》な過去があることは容易に想像できた。たった二人でこの陰惨さだ。一〇〇人ともなれば、どんな使い方をしたにせよ酸鼻《さんび》をきわめる光景が展開されたことは間違いないだろう。

「いまの『精神弾頭』は試作品だといったな？」

「ああ。低級の妖精の手首しか使ってないから。でもいま作ってるのはもっとすごい。高位の妖精を丸ごと使うからね。効果範囲はざっと見積もって――」

エルバジはすこし押し黙り、頭の中で計算をした。

「――だいたい半径三㎞くらいかな。ちょっとした核爆弾並みだね」

「遮蔽物《しゃへいぶつ》の影響は？」

「ガンマ線と同じくらいだと思っておいていいよ。普通の建物くらいなら全然問題ない」

「いいだろう」

この『爆弾』とこの魔術師の力があれば、闘争運動は劇的な進展を見せるだろう。二〇〇一年にニューヨークで起きたテロをはるかに上回るほどの衝撃を、全世界に与えることもできる。使い方次第では一国の行政システムを徹底的に壊滅《かいめつ》させることさえたやすい。だがカリームは、この奇妙な都市でこの爆弾を使う気はさらさらなかった。使うなら、もっと重要でもっと脆弱《ぜいじゃく》な街がいい。ワールドカップや大統領の就任式典で使ったらどうなるだろうか？　テレビを通じて生中継で、世界中に阿鼻《あび》叫喚《きょうかん》の地獄絵図を届けることができるだろう。

「完成次第、それを持って出国したい。いつごろになる」

「二～三日かな。手配するよ」

「けっこうだ。しかし、そんなものを地球人に提供すれば、セマーニ人への風当たりも強くなるだろうな。かまわんのか？」

「別に？　俺《おれ》はゴージャスに暮らせるんだ。なにか問題が？」

エルバジは心底『なぜそんなことを聞くのだ？』と思っている様子だった。

そこでゼラーダが言った。

「我が君」

「なんだ？」

「あの御仁《ごじん》はいかがいたしましょうか？」

彼が言っているのはパトカーの上で踊り続けている警官のことだった。エルバジは警官を一瞥《いちべつ》すると、無関心に手を振った。

「ああ。始末して」

「はい」

警官が踊りをやめ、自分の散弾銃を口にくわえて引き金を引いた。

6

「ローズヒップティーをいれるときの極意《ごくい》はね、ティラナちゃん」

特別風紀班のオフィスで、トニー・マクビー刑事が言った。

「恋の駆け引きと同じなの。熱すぎても、しつこすぎてもダメ。だけど冷たく、そっけなくし過ぎるのも考え物だわ。ほどよくハートを温めて、匂《にお》いたつような色気を演出してあげるのが大切なの。だからあたしはカップにもスプーンにもこだわるのよね。いくら香りが素敵でも、器が味気《あじけ》ない紙コップだったら台無しでしょ？　わかって？」

「わかるような、わからんような……」

むっつりと難しい顔でティラナは言った。

眼前には、ほんのりと湯気と香気《こうき》を立ちのぼらせるティーカップ。トニーが言うには、コペンハーゲンなる街の、地球世界《ドリーニ》有数の職人たちが作った食器だという。なるほどそれは見事な陶磁器だったが、ティラナにしてみると、昼食に立ち寄ったハンバーガー屋で出されたプラスチック製のコップの方が物珍しい存在だった。

とはいえ、トニーが出してくれた茶《ライテ》は実に心地よい香りだった。味もさわやかですばらしい。朝にマトバがいれた、どろどろのコーヒーとは天地の差である。

「良い茶だ」

「でしょ？　いいお店があるから、今度教えてあげる。お国に帰るときのお土産《みやげ》にするといいわ。きっとお母様も喜ぶから」

「母はいない。わたしを産んですぐに死んだ」

「あら……あたしったら。ごめんなさい」

「いや、慣れている。気にするな」

「おい、宇宙人」

二つ離れたデスクで書類仕事をしていたマトバが声をかけてきた。

「異文化の親交も結構だがな。資料に目を通せ、資料に。セマーニ人の前科者リストは山ほどあるんだからな」

「わかっている。わたしはマクビーからピーシーとやらの使い方を習っていただけだ」

「PCだろ、ピーシー」

「でもね、ケイ。ニンテンドーさえ知らない子に、いきなりマウス持たせて『ドキュメントファイルのここからここまで』なんて言ったって分かるわけないでしょ？　ねえ？」

「うむ、わからんぞ」

「胸を張っていばるな」

ティラナが来てから三日目になるが、妖精の捜査はさして進んでいなかった。昨日は、昼は資料をあたり、夕方から街を駆けずり回り、アルバレスに関係する人々と妖精の行方《ゆくえ》を探り続けている。ようやく裁判所の命令が出て、電話会社からアルバレスの通話記録を引っぱり出せたが、こちらも成果はほとんどない。

「きょうもきのうと同じ調子になるのか?」

ティラナはマトバにたずねた。

「たぶんな。野暮用《やぼよう》はあるが」

「妖精《フィエル》の身が気になる。あまり時間がない」

マトバが見た段階で、妖精は弱っていた。それから三日だ。ますます消耗しているだろうことは想像にかたくない。すでに、口に出すのも忌《い》まわしい手段で『麻薬』にされてしまった可能性さえある。ティラナの口調には、サンテレサ市警に対する苛立《いらだ》ちと焦《あせ》りがにじんでいた。

それを察したのか、マトバが言った。

「別になまけてるわけじゃない。あれこれ釣《つ》り糸は垂らしてるんだ。焦って水面を叩《たた》いても、魚は逃げるだけだってことさ」

「怪しい人間はすべて捕らえて、厳しく尋問するわけにはいかないのか」

「地球にはな、『基本的人権』って名前の神様がいるんだよ。おまえさんの騎士団とやらも、神には逆らえないだろ?」

ため息混じりにマトバは立ち上がった。トニーの机から勝手に手鏡を取り上げ、携帯式の電動シェーバーで無精《ぶしょう》ひげを剃《そ》りはじめる。ネクタイを締め直して身なりを整えながら、彼はトニーに告げた。

「そろそろ時間だぞ」

「……そうね。行きましょうか」

トニーも沈んだ声で席を立った。ほかの刑事たちも同様で、物憂《ものう》げな顔で出かける支度《したく》をめいめいに始めている。全員がだ。

「どこに行くのだ？」

「葬式だよ」


リック・フューリィ警部の葬儀は市のセレモニー・ホールで行われた。

本人が残していた遺言《ゆいごん》で、葬儀はごく簡素なものだった。マトバは棺《ひつぎ》を運ぶ六人の中に加わって、もの悲しいバグパイプの音色の中をゆっくりと歩いた。

制服は着ていかなかった。サンテレサ市警の習慣では問題なかったし、リックも生前、『おまえが死んでも制服は着ない。アロハシャツにビーチサンダルで出席してやる』とマトバに言って笑っていた。

棺は市内の墓地に運ばれ、参列者の見守る中で埋葬《まいそう》された。寒風《かんぷう》の中で立ちつくす未亡人と二人の子供。ブルーの礼服に身を包んだ儀仗隊員《ぎじょうたいいん》たちが、号令のもと、捧《ささ》げ銃《つつ》から完璧《かんぺき》な夕イミングで空包を撃つ。

　式にはティラナも参列した。さすがにセマーニ風の白装束《しょうぞく》では目立つので、セシルから黒いコートを借りて列の後ろに控えていたのだ。

　こらえきれずに泣き出したエイミー・フューリィの肩を抱いて慰《なぐさ》めるマトバの後ろ姿。未亡人は彼の手を払い、なにかの恨《うら》み言《ごと》を投げつけていた。ティラナはその様子を、人垣《ひとがき》の後ろから無言で見つめているしかなかった。

　埋葬《まいそう》が終わると、参列者はめいめいにその場から散っていった。

　マトバはロス主任と並んで墓地を歩いていった。彼らの車は二〇〇メートルほど離れた路上に停《と》めてある。

「同僚の棺桶《かんおけ》を運んだのは初めてじゃないですがね。やっぱりやり切れない」

「こればかりはな」

　主任が言った。彼も一緒にリックの棺《ひつぎ》を運んでいたのだ。

「エイミーに言われましたよ。『なぜあなたじゃなかったの？』って。きついね。すごくきつい」

「どうにもならん。それがこの道だ」

「理屈じゃわかるんだが」

　二人はしばらく無言で歩きつづけた。墓地にふり積もった枯れ葉を踏む音だけが、やけに耳に残る。

　道路の車列のそばまで来てから、主任が言った。

「捜査で進展はあったか」

「密輸業者の名前が何人か。線は薄いですがね。これから回って探りをいれます。めぼしい仲買人にも粉かけてるんで、あの妖精の話が来たら伝わるはずだし」

「いいだろう。エクセディリカはどうしている」

「初日ほど問題は起こしてませんが、焦《じ》れてます。妖精が心配らしい」

「目を離さないでおけ」

「ええ」

　マトバはコートのポケットに両手を突っ込み、肩をすくめた。それからすこし迷って、話を切りだした。

「主任……。市警全体だと、もう今月だけで二人殉職《じゅんしょく》してます。リックを入れたら三人だ。現場の士気《しき》は下がる一方です。いまはまだいいが、いずれ手に負えなくなりますよ」

「分かっている。大幅な増員と予算増額の必要性を前から具申《ぐしん》しているが、自治政府は消極的だ。彼らの多くは街の再開発が進んで経済が活性化すれば、自《おの》ずと治安は回復に向かうと主張している」

「ばかばかしい。土建屋どもには助成金をはずんで、俺《おれ》らは薄給で犬死にしろってか」

「彼らは現状への認識が不足しているのだ」

そうつぶやく主任の声は、ひどく疲れていた。

いつもぴしりとのばした背筋と肩もすぼまり気味で、その横顔は急に老《ふ》け込んだようにさえ見える。予算の件で上層部とも衝突している様子だったし、リックを喪《うしな》ったことも相当こたえているのだろう。

「それこそクイーンズ・バレーにまで犯罪者が跋扈《ばっこ》してこない限り、市長や議員たちは考えを改めないだろう」

クイーンズ・バレーはサンテレサ市の西にある高級住宅街だ。閑静《かんせい》で風光明媚《ふうこうめいび》。ダウンタウンに比べて治安もすこぶるいい。

「はん。そのころには、中心街《セントラル》は無法地帯になってるでしょうがね」

「そうはさせん」

黒い瞳《ひとみ》が、じっとサングラスをかけたマトバを凝視《ぎょうし》する。

「どうあっても、そうはさせんぞ」

主任は繰り返した。強い決意を秘めた男の声だったが、なぜかマトバの胸中には奇妙な違和感が残った。もちろん嘘《うそ》を言っているわけではないのだろう。真剣な言葉だ。だが主任の宣言には、もっと別の意味がこめられているように感じた。

「……もちろんです。だが、まずはリックの仇討《あだう》ちだ」

「そうだ。頼むぞ」

ロス主任はうなずくと、自分の車に乗り込んでその場を走り去った。

「なんなんだろうね、まったく……」

ひとりでぼやくと、自分の車に引き返す。すでにティラナが待っていた。すっかり葉が落ちた並木の枝々を映し出す、シルバーグレーのボンネット。その端《はし》っこに手をかけ、むっつりとこちらを見つめている。

「もういいのか？」

ティラナがためらいがちに言った。

「いいって、なにがだ」

「別に……」

「行くぞ」

車に乗り込み、走り出す。

墓地を出たあたりで、ティラナがたずねてきた。

「長かったのか？」

「なにが」

「故人とだ。相棒だったのだろう」

「まあな。リックにはいろいろ教えてもらったよ。飄々《ひょうひょう》としていていい奴《やつ》だった。応援してる野球チームについては、最後まで対立してたけどな」

つい先日までは、おまえが座ってるその席にいたんだよ――よほどそう言おうかと思ったが、意味のないことなのでやめておいた。

なによりも嫌なのは、自分が失意の蟻《あり》地獄に落ち込み、自己憐憫《じこれんびん》のとりこになることだ。いまどきの男なら、それをよしとするかもしれない。心の傷は伴侶《はんりょ》や家族、あるいは精神科医と分かちあい、『君は君のままでいいんだよ』と肩を撫《な》でてもらう。それで救われるのなら、それもいいだろう。別に責める気など彼にはない。

しかしマトバは違った。

だれかに借りを作ることもあるだろう。失敗も避けられない。だがそれでも、己《おのれ》の魂を救えるのは自分自身だけだと思う。突き刺すような痛みは増えていく一方だが、何かにすがって救いを求めたとたん、自分はもう二度と自分の足で立ち上がれなくなるだろう。

男の尊厳とはやさしく与えられるものではない。血へどを吐いて勝ち取り、守り通すものだと固く信じている。それがどれだけ難しいのか身にしみて知っているのに、そういう生き方をやめられない。そういう意味で、マトバは大昔には当たり前にいた男たちの生き残りだった。

だから彼はそれ以上、リックのことはなにも言わなかった。

「わたしの国では――」

ティラナが言った。

「――多くの人々に悼《いた》まれる死者は、それだけ穏やかな常春《とこはる》の国に近づけるとされている。

フューリィ警部はたぶん、そうなるだろう」

「ひょっとして慰《なぐさ》めてるのか？」

「悪いか」

そっぽを向いて窓の外を眺め、ティラナがぶすっとした声で言った。

「いや。いちおう感謝しとくけどよ」

「そういうときは何というべきか分かるな？」

「ありがとう、ダーシュ・ザンナ《ダーシユ・ザンナ》、だろ」

「よろしい」

リック・フューリィの件はそれで終わりだった。

五分ほど走って、手近なドライブスルーで夕食のフライドチキンを買ったときに、トニーから連絡が入った。

「どうした」

『おとといの夜からパトカーが一台、行方《ゆくえ》不明なのは知ってた？』

「ああ。二二分署の連中だろ」

その話はマトバも聞いていた。イースト・サイドで建設中のフリーウェイに行くと報告して、それきり姿を消していたパトカーだ。

『イーストロックパークの池で発見されたそうよ。警官二名も一緒に、死体で』

その池は直径およそ二〇〇メートル程度の小さなものだった。市の郊外に位置する公園の一角にあり、近くの車道から岸まで簡単に乗り付けることができる。

日没直後の水面は、照明車両が照らし出す強烈な光でぎらぎらと輝いていた。ぷかりと浮かぶダイバーの頭。手信号で岸の警官に合図を送って、ふたたび潜《もぐ》っていく。このクソ寒い中で潜水とは。まったく頭が下がる思いだった。

ダイバーの仕事は残っているようだったが、パトカーと遺体はすでに水中から引き上げられていた。二二分署所属の二二一二号車。まだ大量の水滴をあちこちからしたたらせている。

「いまさら来ても、なんにもないぜ」

地元の刑事がマトバに言った。水びたしのパトカーを見つめ、それからティラナをうさんくさそうに眺める。

「その宇宙人は？」

「うちの捜査の協力者だ」

「そうかい。ちょっと待っててくれ」

刑事はすぐに彼女に関心をなくした様子で、鑑識《かんしき》チームといくつかの相談を済ませた。その態度にティラナは仏頂面《ぶっちょうづら》で鼻を鳴らしたが、騒ぎ立てる気もないようで、引き上げられたパトカーをしげしげと観察しはじめた。

鑑識との相談事が終わった刑事がマトバに向き直る。

「……で？　わざわざバイス《おたく》が来たのはどういうわけだ？」

「死んだ警官の状況が妙だと聞いたんでね。こちらの件と関係あるかもしれない」

「妙なことは妙だがな、よくわからん。二人とも散弾銃で死んでる。市警で採用してるレミントンだ」

「それが気になったんだ」

そう言いながらもマトバは、この件が例の妖精と関係していることには懐疑《かいぎ》的だった。手際のいいギャングの類《たぐ》いなら、揉《も》めた警官二名を殺して捨てるくらいのことならやりそうだったし、実際、似たような事件も以前に起きている。

わざわざこの現場までやってきたのは、ティラナの強硬《きょうこう》な主張があったからだ。警官の使っている武器で、当の警官が死んでいるのがひっかかるというのだ。

「一人は胸に二発、頭に一発。もう一人は――銃口をくわえたんだろうな。一発だ。後頭部がほとんどなくなってる。たぶん犯人に銃を奪われて、無抵抗のまま処刑されたんだと思うが」

死んだ二人の恐怖と無念を思ったのだろう。刑事は顔をしかめて首を横に振った。

「殺害現場は？」

ここは遺体の発見現場に過ぎない。殺されたのは別の場所のはずだった。

「ここから二マイル南の、建設中のフリーウェイだ。消息を絶つ直前に無線で連絡があったから、きのうのうちに見つかってた。大量の血痕《けっこん》があったんで、みんな半ば諦《あきら》めてはいたんだが……」

「鑑識は行ったんだろ。なにか出なかったのか」

「出たさ。世界中に何万と出回ってるか分からないようなタイヤの痕《あと》や、靴の痕ならね。強化樹脂《じゅし》や塗料の破片もあったそうだが、それだってどこでも手に入るような代物《しろもの》だ」

刑事は肩をすくめた。

「遺体はまだあるかな」

「ちょうどいま運ぶところだったんだが……見るかね？　おすすめはせんぞ。まる一日半、水中に浸《つ》かってたんだからな」

水死体のひどさは知っていたが、傷口くらいは見ておくべきだろう。どうせなので、あのセマーニ人にも仕事の厳しさを思い知らせてやろうと彼は考えた。

「いや、見るよ。……おい、ティラナ！」

引き上げられたパトカーの周囲を、なにやら難しい顔で嗅《か》ぎ回っていたティラナに叫ぶ。なぜか彼女はきょとんとした様子でこちらを見て、目を丸くした。

なにを驚いていやがるんだ——。

そう思ってからマトバは気付いた。ティラナの名前をまともに呼んだのは、考えてみたらこれが初めてだったのだ。

「……こっちだ」

気まずい思いで手招きする。ティラナは軽い足取りで近づいてきて、

「ボナ・ティラナだ。そう呼べと言ったぞ」

と、からかうように言ってから刑事の後に付き従った。

やれやれ、ミスった。

頭をくしゃくしゃと掻《か》きながら、マトバはその後を追う。

死体袋はちょうど警察車両に運び込まれるところだった。

「これだ」

死体袋を開く。冬のおかげで腐敗は進んでおらず、思ったほどの惨状ではなかったが、さすがに見ていて気分のいい代物《しろもの》ではなかった。ティラナは息をのんでいる。ばっさり人間を斬《き》ることはできても、こういう類《たぐ》いはきついようだ。

「失礼」

マトバは断りを入れてから、使い捨てのビニール手袋を取りだして着けると、死体の頭部を注意深く調べた。後頭部の上半分が吹き飛んでいたが、その下――ちょうど両耳を結ぶ線のすこし上くらいまでの頭骸骨《ずがいこつ》と頭皮は原形をとどめている。

「角度が変だ」

マトバがつぶやいた。

「だれかに銃口を、口から突っ込まれて撃たれたなら、弾道《だんどう》の角度が水平に近くなるはずだ。処刑なら延髄《えんずい》のあたりがきれいになくなるんじゃないのか？　これだと、まるで自分で銃口をくわえて引き金を引いたみたいだ。自殺の死体に近い」

「それはわしも思った。真相は検屍《けんし》待ちだろうがね」

「ふむ」

「まだなんとも言えんよ。仰向《あおむ》けに寝そべらせて、胸を踏みつけて銃口をくわえさせたら、これくらいの角度になるかもしれんだろうしな」

「フリーウェイで殺されたんだろ？　それだったら頭を吹き飛ばして貫通した散弾が、路面を傷つけて痕《あと》が残るんじゃないのか」

それぞれが簡単な身振りで実演しながら話していると、ティラナが割って入った。見るからに気分が悪いらしく、顔が青ざめている。

「もう充分だ。はっきりした」

「なにがだ？」

「このボリス戦士はアルバレスを殺した男と同じだ。術《ミルディ》で操《あやつ》られていた。自殺するように仕向けられたのだろう」

マトバは眉《まゆ》をひそめた。

「警官が？　魔法でゾンビに？」

「死体からかすかなラーテナの匂い《ブラニイ》が感じられる。あのパトカーからも――」

もう一人の死体袋の中ものぞきこみ、ティラナは言った。

「こちらもだ。二人とも術《ミルディ》で操られていたようだな」

「待てよ。ゾンビにできるのは中毒患者《ジャンキー》だけのはずだろ」

「そうだ。だからこのポリスたちも死人《しびと》だったのだろう」

「ありえないな」

マトバは首を振った。

警官全員が清廉潔白《せいれんけつぱく》だと言う気は彼にもない。買収されてる腐敗警官がいるのは事実だ。地元のポン引きから賄賂《わいろ》をとっている警官をマトバは知っているが、情報源として使えるので、あえて告発はしていない。

だが、麻薬中毒の類《たぐ》いはまったく別だった。

「二人ともヤク中なんて考えにくいし、だいたい警官がヤクをやってたらすぐバレる。見て見ぬふりをする同僚なんてまずいない。ヤク中なんかと組んで仕事したら、命がいくつあっても足りないからな」

「それは分かる。だがこの二人が死人――おまえたち言うところのジャンキーだったのは事実だ。信じる信じないは好きにしろ」

「銃でも突きつけられて、無理矢理ヤクを吸わされた可能性はどうだ。それで操れるか？」

「どうだろうな……」

ティラナはすこし考えた。

「死人を操《あやつ》るような忌《い》まわしい術《ミルディ》について、わたしはさほど詳しくない。だが人間の魂には、生来から与えられた生きる意志、生きる力というものがある。死人操りの術《ミルディ》は、そうした魂の力がラーテナにあてられて弱まったところを利用し、心をねじ伏せ、よこしまな行いをさせるものだ。一度か二度ばかり『妖精の塵《フェアリー・ダスト》』を吸ったとしても、その者の魂はまだ力を残している。術中に落ちたとしても、己《おのれ》の身や戦友を傷つけることには抵抗するだろう」

「つまり？」

「二つ考えられる。このボリスたちを操った術者《ミルディイータ》の力が並みはずれて優れているか。あるいはこのボリスたちが普通の手段以外でラーテナにあてられたかだ。おそらく、両方だろう」

「ヤクを吸う以外で？　注射とかか？」

「わたしも注射とやらは知っているが、妖精《フィエル》の塵《ちり》はおまえたち言うところの『化学的《ケミカル》』な麻薬ではない。吸おうが血に混ぜようが効果は変わらないのだ。『魅入《みい》られよう』とする思いや、無知がもたらす心の隙《すき》、そうしたラーテナを受け入れる心の働きが効果をもたらす。体に働きかけるのではなく、心に働きかける麻薬なのだ」

「あー……」

マトバは宙を仰《あお》いだ。

「科学的な説明は無理なのか？」

「無理だな。これでもわたしはおまえたちの思考法に合わせて説明しているつもりだ。真面目《まじめ》に術《ミルディ》について語ろうとしたら、イングリッシュには存在しない概念《がいねん》が山ほど出てくるぞ」

　知恵の巡りが悪い男を哀れむような目で、ティラナは言った。

「ふん」

　いまさら軽蔑《けいべつ》をあらわにされても腹は立たなかった。なにしろお互い様だ。ティラナはティラナで、無線通信やコンピュータの原理について説明されてもほとんど理解できない。車のエンジンの仕組みでさえ、やかんでお湯を沸かした時の例を持ち出すことで、どうにか理解できる程度だ。

　それとは別に意外に思ったこともあった。この問題に関する、ティラナの論理的な思考についてだ。もし彼女が『どこぞの神様がこうお告げになっている』などと言い出したら、マトバは歯牙《しが》にもかけなかったことだろう。

　しかし、そうではなかった。これは一考《いっこう》に値《あたい》するのではないか。

　もちろん『魂』だの『術』だのは論理もへったくれもない世界の言葉だろう。『ラーテナ』とやらの『匂い《プラニィ》』についても、本人が感じたということ以外に確証はない。だが、それらを踏まえた上でも、彼女は彼女なりの法則にのっとって、予断を抜きにした類推をしてみせた。これはむしろ科学的な思考だといえる。一蹴《いっしゅう》はできない。

いや、一蹴《いっしゅう》することの方がよほど非科学的だ。

たしか『オッカムの剃刀《かみそり》』とかいったか。不要な仮説を戒《いまし》める原理だ。これまで例証されている事実——魔法の存在も含めた事実——に照らせば、彼女の挙げた二つの説明は実のところ一番シンプルで、それだけ真理に近いとさえいえる。

「いいだろう」

マトバはひとまずティラナの考えを認めてみることにした。

「——だとして、おまえの知識で魔法使いの所在《しょざい》を突き止める方法は思いつくか？」

「そうだな……」

ティラナはうつむき、自分の手のひらを左胸にぴたりとあてた。セマーニ人が深く思案しているときの仕草だ。これが地球人なら額《ひたい》や顎《あご》に手をやるところだろう。

「彫金師」

「なに？」

「貴金属の装飾品を細工する職人だ。おそろしく腕の立つ、精緻《せいち》な細工をものする職人なら関係しているかもしれない。あくまで『もしかしたら』だが」

「なんだってまた、いきなりアクセサリー屋の話になるんだ？」

「金や銀などで作られた精巧な細工は、ラーテナを高める触媒《しょくばい》になるのだ。さっきも言ったが、ドリーニたちの作る『妖精の塵《フェアリー・ダスト》』くらいではすぐに人を死人《しびと》にすることはできない。しかし普通では考えられないほど精緻《せいち》な金細工と妖精《フィエル》を組み合わせて、わたしにも分からないような仕掛けを施《ほどこ》せば、あるいは……」

そう言いながらもティラナの顔は曇る一方だった。自分の考えを疑っているのだろう。

「いや。やはりわたしの思い違いだろう」

「どうしてだ」

「そんな金細工を作れる職人はほとんど存在しないからだ。このポリスたちが強いラーテナにあてられ、たちまち死人になったとしたなら……それほどの力を持つ触媒は複雑きわまりない形になるだろうし、しかも髪の毛一本ほどの狂いも許されない。わたしの国の最高の職人でも難しいだろう。ましてやドリーニの手では……」

「ああ。たしかに人間の手だったら無理かもしれないな」

マトバは言った。

「だが、デジタル制御の工作機械なら話は違う」


公園近くのコーヒー屋に腰を落ち着けると、マトバはすぐに携帯端末の資料を読みあさりにかかった。

どこにでもあるチェーン店だ。ウィーンのカフェ風の内装で、天井がやたらと高い。まだ夜に入って間もないため、客の数も多かった。

ティラナが指摘したほど精密な作業が可能な工作機械は、市内でも数が限られており、高価なだけに記録がしっかり残っている。本部に調べてもらっただけで、三〇分と経たないうちに結果が出てきた。めぼしい代理店に問い合わせて出てきたのは、マクスウェル社の精密工場、カリアエナ・アームズ社の試験場、サンテレサ工科大学の研究室など、企業や大学向けの納品が大半だった。こうした施設で『風変わりな金細工』の類《たぐ》いが製作されたかどうかは、それぞれに問い合わせるしかないだろう。

だがその前にマトバの目を引く企業があった。資料に記載された社名は『クラウン電子』。大なり小なり耳にしたことのあるような有名企業の名前ばかりがずらずらと並ぶ中で、このクラウン電子の名だけがまったく聞き覚えがない。

調べてみたら、すでに倒産していた。

「よーし。早速くさい奴《やつ》が出てきた」

本日通算五杯目のコーヒーをすする。対面の席に座ったティラナは、怪訝《けげん》顔で鼻をくんくんいわせていた。

さらに行政府のネットに残っている記録を検索。創立も倒産も同じ去年だった。つまりこのクラウン電子は、たったの数か月しか存在しなかったことになる。住所、資本金、従業員数、エトセトラ、エトセトラ。どれもいい加減な代物《しろもの》ばかりだ。

「おまえの勘が当たってるかもしれない」

「どういうことだ？」

「ダミー企業だよ。工作機械を買うために作ったんだろう。これが当たりなら、やっぱり魔法使いには背後《バック》がある。しかも金持ちだ」

代表者名はアラン・クエイド。これはどうせ名前を貸しただけの部外者に決まっている。問題は出資者だ。さらに他の資料を検索し、銀行や証券会社に問い合わせる。

みるみると核心に近づいてきた。

昔の刑事だったら歩き回ってあちこちで話し、紙の資料を読みあさり、何日もかかるところだ。この手の調査についてのみいえば、やはりコンピュータの力は絶大だった。

ほどなく一人の男の名前が浮かび上がった。

デニス・エルバジ。

セマーニ人。クラブ経営者。年齢は二六歳（地球年齢）。逮捕歴なし。交通違反もなし。したがって顔写真もなし。

「こいつだ」

携帯端末の画面に映った名前を指先ではじき、マトバは言った。

「『デニス』だってよ。いっちょまえに地球人の名前使いやがって。クラブ経営者が精密工作の機械に何の用だ？」

「見せてくれ」

ほとんどひったくるようにして、ティラナは携帯端末をのぞき込んだ。

「エルバジ。エルバジ家の者がこの街にいるのか？」

「知り合いか」

「いや。だがエルバジ家は有名な武門《ぶもん》の家だ。かつてのいくさで不名誉なふるまいをしたため、当主のベアド・エルバジ卿《きょう》は斬首《ざんしゅ》、領地は没収され一族は離散したと聞いている」

「お家取りつぶしってわけか。難民かな」

「ふむ……」

「そっちの戦争でこっちに逃げてきたセマーニ難民は多い。そのどさくさで一族のだれかが流れてきたという可能性はある」

『そっちの戦争』というのは、地球では『第二次ファルバーニ紛争』と呼ばれている戦争だ。地球時間ではおよそ一〇年前になる。

元はセマーニ世界で起きたセマーニ国家同士の戦争だったのだが、平和維持の名目で地球側からも多国籍軍が派遣された。アメリカ軍はもちろん、ロシア、イギリス、ドイツ、オーストラリア、日本——大小二〇か国の軍が『ミラージュ・ゲート』を越えてセマーニ世界の戦争地域に駐留した。

『平和維持軍』などと言えばおとなしそうな響きだが、けっきょくは地球側の論理の一方的な押しつけに過ぎない。その実状も惨憺《さんたん》たるものだった。駐留から一年もしない内に『地球軍』

はセマーニ世界の紛争《ふんそう》当事者たちの憎悪を受け、休む間もないゲリラ戦に引きずり込まれてしまったのだ。

銃器を持たないセマーニ人の戦力を、地球人たちは過小評価していた。ベトナムやアフガン、ソマリアやイラクを知っていたのに、今度もまた同じ間違いを犯した。狡猾《こうかつ》で強靱《きょうじん》な戦士たちを、ただの野蛮人《やばんじん》だと見なしたのだ。

マトバもその戦場にいた。

ひどい戦闘ばかりだったことしか覚えていない。敵も味方も大勢死んだ。けっきょく三年ほど戦争は続き、地球軍はろくな成果も挙げないままセマーニ世界から撤退《てったい》した。

マトバや同世代の人間が、セマーニ人を『宇宙人《エイリアン》』と呼んで毛嫌いするのは、なにも偏見ばかりではない。とりわけ戦争経験者はセマーニ人が時に見せる残虐《ざんぎゃく》さ、冷酷さを肌身で知っている。操《あやつ》り人形とはいえ、暗殺者を斬殺《ざんさつ》しても平然としているティラナを見れば、彼らの常識が分かろうというものだ。

おそらくは、このデニスとやらも同類だろう。

「……没落《ぼつらく》貴族の亡命者が、地球《こっち》で適応してクラブのオーナーか。うさんくせえったらねえな。いままでマークされなかったのが不思議なくらいだ」

「捕らえよう！」

身を乗り出してティラナが言った。

「妖精《フィエル》の居場所を尋問しなければならない。この男を拘束《こうそく》するのだ」

マトバはじろりと彼女をにらんだ。

「どんな容疑でだ」

「それは……」

「前にも言っただろう。こっちの社会には基本的人権ってもんがあるんだ。法を犯していない人間を好き勝手に捕らえることはできない。まず証拠が要《い》る。『疑わしい』だけじゃ駄目なんだよ」

「しかし、彼女の命がかかっているのだぞ!? こうしている間にも、あの子はどこかで死にかけているのかもしれない!」

テーブルに両手を叩《たた》きつけ、ティラナが怒鳴る。コーヒー屋の客たちとウェイトレスが、目を丸くして二人に注目していた。

「やけにこだわってるよな」

「………」

「助けられるなら助けてやりたいが、そのために手続きをねじ曲げたり警官の命を危険にさらすつもりはない。なにしろ向こうは組織的で、すでに警官を三人殺してるんだ。奴《やつ》らの全貌《ぜんぼう》も見えない。詳しい手口も分からない。目的もだ。じっくりやらないと全部台無しになる」

「では、どうするというのだ?」

「まず人員を揃《そろ》える。許可をとって盗聴器も仕掛ける。エルバジとその仲間たちについて、調べられる限りのことを調べ、魔法使いの所在《しょざい》もつかむ。もちろん妖精もだ。起訴するのに充分なネタが集まったら、大勢で連中のヤサに踏み込む」

「どれくらいかかるのだ？」

「最低でも三日かな」

「そんな悠長な！」

「正直に言えば——」

言うべきかどうか迷ったが、やはり言うべきだと考え、マトバはさらに事実を告げた。

「——こっちの警察は、あの妖精って生き物を犬や猫と同じくらいにしか考えてない。人の形はしているが、ずっと小さいし、喋《しゃべ》らないからだ」

確かに妖精は、法的には市民扱いになってる。ファルバーニ王国側の主張を容《い》れてのことだ。だが生物学的には人間の一種と定義づけるかどうかで、いまだに意見が分かれている。はたして妖精に知性があるのか否《いな》かも結論が出ていない。地球の人間はだれも妖精たちと意思疎通することに成功していないし、脳の容積の小ささを根拠にした否定的な意見が多いせいもある。

宗教的な要因もあった。特にキリスト教の原理主義者たちは、ああした妖精やセマーニ世界の奇妙な生物たちにあからさまな嫌悪を抱《いだ》いている。なにしろ、人間が猿から進化したことを絶対に認めないような連中だ。齧歯類《げっし》よりすこし大きい程度の脳しか持たない妖精を、人類の一員だと認めるわけがない。

「そうか」

ティラナは押し殺した声で言った。犬猫のたとえが出たときは、彼女の中ではげしい怒《いか》りがふくれあがったようにも見えた。

「おまえはどうなのだ、ケイ・マトバ。妖精《フィエル》が死んでも構わないと思っているのか」

「人聞き悪いな。責任はちゃんと感じてるぜ」

「責任……責任か」

ティラナはうつむき、つぶやいた。

「わたしには、あの妖精《フィエル》に対して責任がある」

それはそうだろう。ティラナはその妖精を保護する任務でこのサンテレサ市にきたのだ。

いや――。

本当にそれだけだろうか？　この少女はそれ以上に焦《あせ》っているように見える。任務や責任などといった言葉では説明できないような、もっと個人的な感情が絡《から》んでいるのではないのか？

ただの勘だ。根拠は説明できないので、マトバは彼女を追及しないでおいた。

「……とにかく、そんなに思い詰めるなって。きっちり手勢を揃《そろ》えて、確実に獲物をしとめるつもりなんだ。焦ったら負けだぞ」

そう諭《さと》して席を立つ。

「便所いってくる。水でも飲んで、頭を冷やしておけ」

「…………」

肩を落として黙り込むティラナを置き去りにして、彼は店のトイレに向かった。

すっきりしてから手を洗い、洗面所の鏡をのぞいて身なりをチェックする。

これからますます忙しくなりそうだ。まずは主任に連絡をとって、可能な限りの人員を回してもらう。漏洩《ろうえい》が怖いので風紀班の中から厳選するべきだろう。今夜のうちにメンバーを集めて作戦を練り、同時に盗聴許可と車両の手配もしなければならない。ほかにも雑事が山ほどだ。帰宅する時間はないだろうから、自宅の近所に住んでいる友人にクロイの餌《えさ》を頼まなければならないだろう。

必ず追いつめてやる。必ずだ。

席に戻ると、ティラナがいなくなっていた。

（あいつも便所か？）

テーブルの上に、鞘《さや》入りの長剣が置かれていた。鞘の上には白いハンカチ。まるで死人の顔にかけるように、そっと安置してある。

妙だった。ティラナはこの長剣を、常に持ち歩いているはずだ。先日もそのせいでホテルに宿泊を拒否されて、寒空《さむぞら》の下に放り出されたばかりである。それがこんな場所に剣を置き去りにするとは――。

「連れは？　セマーニ人の女だ」

近くを通りがかったウェイトレスにたずねてみる。

「出てったわよ。なんか早足で」

「そうか。釣《つ》りはいいから」

マトバはウェイトレスに一〇ドル札を押しつけて、携帯端末と長剣をつかんで店から駆け出した。夜の表通りにティラナの姿は見えない。車にもいなかった。

セマーニ人の少女は、命に等しいほど大事なはずの長剣を残したまま、夜の街にかき消えてしまった。

「なに考えてやがる」

人の行き来もまばらな路上で、彼は悪態をついた。

7

「OKだ、兄弟よ！」

ぎらぎらと光る蛍光色の携帯電話に、オニール牧師は朗々《ろうろう》とした声で告げた。

彼が経営するクラブの事務室である。表のクラブのけばけばしい装飾と同様、こちらも派手《はで》な内装だ。青とピンクのネオンが光り、事務机の上にはいかがわしいデザインの十字架やら神像やらが飾られている。

オニールは電話の向こうの商売相手に熱弁する。

「……さいわい、うるわしきミランダ嬢はわれわれの提案をこころよく引き受けてくれた。そうだ。あの慎《つつ》ましげな淑女《しゅくじょ》は二〇％のギャランティの上乗せで、撮影に際して、さらなる過激な奉仕行為を披露《ひろう》してくれるというのだ。うむ……わかるかね？　直接的な表現は避けておくが、頭文字《かしらもじ》にAが付く部位を使う。……そう、Aだ、エイ。おお、ハレルヤ！」

「ファーザー」

秘書兼ボディガードの巨漢、ケニーが事務室に入ってきた。

「ファーザー。いいですかい」

「A・B・CのAだ。……いやいや兄弟、興奮するのはまだ早い。しかもただのAではないぞ。

なんと彼女はキューバ産の葉巻を三本も同時に——」

「ファーザー・オニール！」

ケニーが声を張り上げた。オニールは商談を一時中止して、サングラスの上の眉間《みけん》にしわを寄せた。

「後にしてくれないかね、ブラザー・ケニー。私はいま映像関係者の兄弟と、これから待っている霊的《スピリチユアル》な体験について、宗教的情熱をもって語り合っていたところなのだ」

「そりゃ結構ですがね。至急会いたいってお客がいるんですよ」

「待ってもらいたまえ」

「すみません、連れて来ちまいました。こないだのおっかない宇宙人娘なんです」

「失礼するぞ」

ケニーの巨体を押しのけるようにして、あのセマーニ人少女が事務室に入ってきた。見るからに、この場に来たのが不本意そうな顔だ。

オニールは商談相手に『Aの件はまた後で』と告げて電話を切り、両腕を広げてほがらかに言った。

「おお。ボナ・ティラナ！　……でしたな？　ふたたびようこそ、神秘の殿堂へ！」

「ボナ・エクセディリカだ。気安く呼ぶな」

「これは失礼。しかしマトバ刑事は？　いないようですな」

ティラナは机に手をつき、じっとオニールをにらみつけて言った。

「あんな馬鹿《ラケバイ》のことなど、どうでもいい。悪党のおまえに頼みがあってきたのだ」


ティラナの行方《ゆくえ》はわからないままだった。

いつまでも世間知らずの宇宙人のわがままに付き合っていられる時間はない。マトバは本部のオフィスに帰ると、デニス・エルバジを内偵《ないてい》するための段取りをてきぱきと進めていった。彼の説明で同僚たちは発奮し、たちまち必要な仕事にとりかかった。主任にも進捗《しんちょく》状況を説明し、必要な手続きを進めてもらった。

ティラナが消えたことは、主任には言わないでおいた。仮眠室で寝ていると説明して、あとは適当にすっとぼけておく。

不慣れな世界に、不慣れな街だ。妖精を捜そうにも、なにをどうしたらいいかすら分からないだろう。いずれ途方にくれて、しぶしぶ向こうから電話してくるはずだ。

最初はそう思っていた。だが、何時間たっても電話は来ない。

そもそも、やはり剣を置いていったのはどう考えてもおかしい。頭に来ていてうっかり忘れたわけではないのでは？　あれはなにかのメッセージなのかもしれない。

マトバは書類仕事の合間に、ネットのフリー百科事典で検索してみた。

《ミルヴォア騎士

──セマーニ世界の大国・ファルバーニ王国の近衛《このえ》部隊に属する戦士階級をさす用語。正式な身分の『騎士（サラシュ）』と、その前段階の『準騎士（バルシュ）』から構成される。また、成人前の見習い戦士は『従士（ヴローラ）』と呼ばれる。そもそもミルヴォア騎士の成立はファルバーニ歴二四〇五年の──》

成り立ちなんぞはどうでもいい。
検索ワードを増やしてみる。
ミルヴォア騎士。長剣《クレーゲ》。習慣。
出てきた。

《ミルヴォア騎士の棄剣《きけん》（ナム・クレーゲニ）
──ミルヴォア騎士に伝わる習慣。ミルヴォア騎士にとって、叙任《じょにん》の際に賜《たまわ》る長剣（クレーゲ）は自らの命にも等しい価値を持つとされる。だが彼らはこの長剣を、信頼できる人物や伝令に委《ゆだ》ねることで、騎士として課される義務の一部を放棄することが認められている。具体的には、主君や組織からの命令無視、罪人の使役《しえき》、戒律《かいりつ》の棚上げなどがそれにあたる。
地球世界よりも通信システムが未発達のセマーニ人の軍隊では、古来より戦争時、場合によっては前線指揮官の独断専行《どくだんせんこう》が必要とされることが多かった。『棄剣』はそうした前線指揮官の裁量を限定的に認めるための習慣・美徳であり、私利私欲からくる行為や前線逃亡は認められていない。

ただしこの『棄剣』は、生還の見込みがない戦いにおもむく時にのみ行われるのが通例である。幸運にも生還した騎士は、自害によって名誉を保つとされる》

テキストを読み進めるうちに、マトバの顔がみるみると曇っていった。

「自害だって……？」

要するに、この棄剣《ナム・クレーゲニ》とやらは切腹の予告状みたいなものなのだ。

死んで責任はとってやる。

その証《あかし》として、命にも等しいこの剣をおまえに託す。

だからこの件は自分の勝手にやらせろ。

コーヒー屋の卓上に放置された長剣《クレーゲ》は、そのメッセージだったのだ。

「あの馬鹿……」

こういう事態に気付かなかった自分の鈍感さにあきれながら、マトバは上着をひっつかみ、オフィスを出て行こうとした。

出口でロス主任と会った。通り過ぎようとしたマトバを、彼が呼び止める。

「マトバ」

「なんです」

「エクセディリカはどうした」

「あー……言ってたでしょう。仮眠室で寝てるって」

「その剣は？」

主任はマトバが握っているティラナの長剣を指さした。

「忘れ物ですよ。あの馬鹿、うっかり車の中に――」

射るような目で主任にこちらを凝視《ぎょうし》されて、マトバは言い繕《つくろ》うのをあきらめた。責任は自分にある。これ以上、上司にしらばっくれるのは、ただのごまかしの次元を超えているだろう。

「すみません。目を離したらいなくなってたんです。捜しに行くところです」

厳しい叱責《しっせき》が来るのを覚悟していたが、意外なことに主任は彼を強く責めようとしなかった。

「心当たりは。どこにいるのか分かるか」

「いくつかは。デニス・エルバジのことを知っているから、馬鹿なことをしでかすかもしれません。あいつ、なぜだか妖精のことをえらく気にしてましたから」

「エルバジのクラブに行くと？」

「ひょっとしたら」

死を覚悟しているとなれば、それくらいの無謀《むぼう》な行動はやりかねない。

「連れ戻せ。捜査にけちをつけたくない」

「もちろんです」

マトバは大股《おおまた》でオフィスを出て行った。

そのクラブはオニールの店とは違って、ごく上品なコンセプトのようだった。

グリムバレー地区のはずれにある、『パイオニア』なるクラブだ。入り口も表通りからは見えず、ひっそりと目立たない路地にあり、看板らしい看板さえ置いてない。黒服のセマーニ人が二人ほどセキュリティとして立っていなければ、ぱっと見は倉庫の通用口にしか見えないくらいだ。

「失礼。IDを」

入り口に近づいたティラナたちを二人の黒服が遮《さえぎ》り、身分証の提示を求めた。愛想のかけらもなく、やたらと目つきの鋭い男たちだった。

「アイディー？」

「未成年は入場禁止ですので」

「あー、それならば問題はない！」

ティラナの後ろを歩いていたオニールが、大げさなジェスチャーを見せて前に出た。巨漢のケニーも同行していたが、こちらはいかにも渋々ついてきたといった様子だった。

「彼女は私のアシスタントだ。退廃的《たいはいてき》な時間を過ごす子羊たちの目を楽しませ、一歩でも神の国に近づくために、この可憐《かれん》な姿で地上に降臨《こうりん》した天使なのだ。つまり――」

「どなたであろうと、IDを確認させていただきます」

「いやいや！　彼女は写真うつりが悪いのを気にしているのだよ。言うならば――」

「提示いただけないのならば、お引き取りを」

まるでとりつく島もない。オニールは肩をすくめ、ティラナに告げた。

「……だそうだ。どうするね？」

「あるぞ」

手にしたバッグから身分証を取り出し無造作に突き出す。黒服の一人がそれを受け取り、IDと彼女を交互に見る。

「二〇歳……？」

いまの彼女はいつものセマーニ騎士の装束《しょうぞく》ではない。代わりに着ているのは、体の線がぴったりと出てしまうミニのワンピースだ。パールホワイトのボディコンで、幼いながらも均整のとれた脚線、肩などが惜しげもなく露出している。薄手の生地が張り付いて、ひかえめな胸のふくらみもことさらに強調されていた。ティラナ自身もそれが落ち着かない様子で、両肘《ひじ》を抱くようにして脚をもじもじとさせている。

「地球年齢で二〇歳ですか？　失礼ながら、そうは見えないのですが……」

「わ……わたしはれっきとした大人だ！　それにあと何年かすれば、きっと、もっと背も伸びて体つきだって――」

「あー、いいから黙っていたまえ」

　オニールが割って入り、黒服に顔を寄せ耳打ちする。

「……あまり大きな声では言えないのだが、彼女はそういう嗜好の上客向けでね。一二のときから成長抑制薬を摂取しているのだ」

「薬を？」

「高学歴・高収入の男というのは、なぜかああいう嗜好《しこう》の人間が多いだろう。私が抱える天使たちの中でも、彼女はいちばんの稼《かせ》ぎ頭《がしら》なのだよ。きょうは日頃の働きに、いくばくかの感謝を捧《ささ》げようと思ってね」

「うちで客を取るのは困りますよ」

「もちろんだ。軽く踊って帰るだけ。君たちの神も、私たちの神も、それくらいなら許してくださると思うのだが」

　そっけない仕草で、オニールは折りたたんだ五〇ドル札を黒服のスーツのポケットに滑り込ませた。

「お通りください」

「うむ！」

　大儀《たいぎ》そうにうなずき、オニールはティラナを伴って通用口に入っていく。

「さあ行こう、わたしのかわいい天使よ！　マタイ伝にもあるだろう。この狭き門から入れ。滅《ほろ》びにいたる門は大きく、その道は広いと。今夜の喜びは約束されたようなものだぞ！　……

ちなみに私のＩＤはこれだ。写真はアフロだった頃のものだ。どうだね、クールだろう」

「いいからさっさと行きましょうぜ、ファーザー」

「エイメン！　君たちも素敵な夜を！　寒い中、男二人で寂しく！」

ケニーに背中を押されて、オニールも後に続く。

鉄格子《てつごうし》入りの料金窓口を抜けたドアの向こうは、細長い通路になっていて、地下へと階段が続いていた。

「どうかね、シスター・ティラナ？　私の協力がなければ、君はあっさり門前払いだった。地球の神の力に感謝したまえ」

「おまえたちの神は文書偽造《ぎぞう》にも手を貸すのか？　それにしても……」

ティラナは心底いやそうな目で、いまの自分の格好を改めて見回した。ほとんど水着と変わらないような格好だ。セマーニ人の女には、肌をさらすことを取りたてて忌《い》み嫌う習慣はなかったが、地球並みの貞操《ていそう》観念もある。もちろん羞恥《しゅうち》心《しん》もだ。

「わたしが頼んだのは、目立たない服装のはずだったが……」

「問題ない。むしろそのファッションでは地味すぎるくらいだ。いいかね、シスター・ティラナ。これから入る社交場は、いわば海水浴場やプールサイドと変わらないのだ。神から授《さず》かった瑞々《みずみず》しい肉体を誇示《こじ》することは、地球では何ら罪にはならない」

「そうなのか。だが、それにしてもこれは……」

「恥ずかしがってはいけない。さあ、背筋を伸ばすのだ。地球では、身分の高い女性はこうやって歩く。見たまえ」

オニールは腰にあてた手の小指を立てて、腰をくねらせ、尻《しり》を左右に大きく振りながら、猫っぽい歩き方をしてみせた。

「やってみたまえ」

「こ、こうか……?」

ティラナは健気《けなげ》にも見よう見まねで、ぎくしゃくと腰を振って歩いた。きゅっと引き締まった、小さなヒップがふるふると震える。だが慣れない歩き方でつまずいて、いきなりよろめいて壁に手を突いてしまった。

「うにゅっ……!」

妙な悲鳴をあげて、まくれ上がりかかったタイトミニのすそをもたもたとひっぱり下ろす。その仕草すべてに、オニールが盛大な拍手を送った。

「おおハレルヤ！　ハーレルーヤ！　すばらしいと思わんかね、兄弟!?」

「俺《おれ》の好みは巨乳のビッチ風なんですがね。むーん、なんだろう、この感覚は。こう……新しい世界に開眼《かいがん》しちまいそうだ」

ケニーの強面《こわもて》がぽっと赤らむ。

ティラナは二人をうろんげな目で見つめてから、『まあ、いい』とつぶやき階段を下りていった。どす、どす、とドラムの低音が響いてくる。分厚い防音扉を開けると、いきなりクラブの巨大な喧噪《けんそう》が襲いかかってきた。耳を聾《ろう》する楽曲と、たくさんの人々の歓声、嬌声《きょうせい》。

店内はコンクリートと鉄骨が剝《む》きだしの内装で、あちこちにセマーニ風の紋様があしらってある。天井は高く、ライトの下でもうもうと煙草《タバコ》の煙がたちこめていた。

店内を見回し、オニールが言った。

「いやはや、鼻持ちならん空間だな！　しかも曲はアシッドときた。私の奉仕現場の方がもっとソウルフルだぞ！」

「こういう店でJBとか流しても興ざめですぜ、ファーザー」

騒音に負けずに顔を寄せ合って話す二人に、ティラナは右手を差し出した。

「ここまででいい。報酬《ほうしゅう》だ」

その手のひらには、銀色のブローチがあった。真珠のような色合いを持つ、不思議な輝きの銀だ。中央には淡いグリーンの大きな宝石がはめ込んである。

「おお！　ではあっさりと、ありがたく！」

オニールは微塵《みじん》のためらいもなくブローチを受け取り、照明の下で照らしてみた。セマーニ世界だけで産出されるイダロ銀とシェイネン石だ。向こうでも相当な値打ちものだが、地球でならばさらに数倍の価格に跳《は》ね上がる。

「売れば数年は楽に暮らせるだろう。これを機会に悪事からは足を洗え」

「うむ！　私個人は悪事に手を染めた記憶など全くないが、君がそう言うなら努力しよう！人は等しく、みな罪人《とがびと》なのだからな！」

上機嫌で天井を仰《あお》ぎ見るオニールの横で、ケニーが言った。

「でもよ、いいのかい嬢ちゃん。これ、大事なんじゃねえのか？」

「構わない。母の形見だが、もう必要ないのだ」

寂しげに目を細め、ティラナは力なく言った。その声にこもる惜別《せきべつ》の念は、少なくともオニールたちと別れるのを惜しんでいるわけではないようだった。

「ふむ……」

「世話になった。ダーシュ・ザンナ」

ティラナはきびすを返して、人混みの中に大股で消えていった。教わったばかりの『高貴な歩き方』は、すでにすっかり忘れているようだった。

オニールがぱちんと手を叩《たた》いた。

「さて！　せっかくここまで来たのだ！　ついでに迷える子羊を探すとしよう。できれば豊かなバストで、ノリのいい子羊がいい。神も『今夜は楽しめ』とおっしゃっている気がするぞ、兄弟！」

「ナンパはいいんですがね、ファーザー。あの嬢ちゃん、なにやらシリアスに思い詰めてましたぜ」

「悩み多き年頃なのだよ。私もハイスクールの頃は、どうすれば隣の異性と体液を分かち合えるかばかり考えていたものだ。この場合の体液というのは、霊的な意味合いも含んでいる。そうやってみんな大人になるのだ」

「ディープだな」

そばを通り過ぎるラテン系美女の尻《しり》に見とれながら、ケニーはつぶやいた。


ここは匂いが強い。

さきほどからティラナはずっと『気《ラーテナ》』の存在を感じていた。このクラブの一部の客が持っているセマーニ世界製の麻薬が発するものが大半だ。生命をたぶらかし力を奪おうとする、よこしまでよどんだ匂《にお》い。

ラーテナを感じる能力は、なにもティラナだけが特別なためではない。本来ならばだれにでも備わっている自然の力だった。故郷で術《ミルディ》のなんたるかを授《さず》けてくれた師は、彼女にそう教えてくれた。ティラナはその素質がとりわけ強く、将来は有望な癒し手《ゼフィーラタ》にもなれるだろうと言ってくれた。

その師に会うことは、もうないだろう。父上にも、妹たちにも。気のいい家臣たちにも。

オニールのような悪漢に頼ったことは、彼女の自尊心をひどく傷つけていた。不案内な地でマトバの手を借りずにことを進めるとなると、こうするしかなかったとは思っている。『棄《き》剣《けん》』はそのためでもある。だが、剣を棄《す》てたからといって彼女の良心が棄て去れるわけではなかった。

もう自分は以前のように、正義という言葉を口にする資格がない。自分がひどく汚《けが》れたようで、暗澹《あんたん》とした気分になる。

（いや、ここで弱気になってはいけない）

ティラナは思い直した。

なんとしてでも、あの子を救い出さなければ。まずはエルバジを捜す。いなければ誰かから居場所を聞き出す。そしてエルバジを締め上げ、妖精《フイエル》の居場所を聞き出すのだ。いまや手持ちの武具は小さなヴァイファート鋼の短剣《ディナンゲ》のみだが、これだけで戦っても並みの男にはひけをとらないつもりだった。

（それにしても……）

およそ退廃《たいはい》というものを知らないティラナにとって、このクラブで見る光景は驚きと嫌悪の連続だった。

でたらめな雷鳴を思わせるひどい音楽。目がちかちかとして気持ち悪くなってくるような照明の明滅《めいめつ》。若い男女が下品に腰をくねらせ、互いの体をこすり付けるようにして踊っている。背中や肘《ひじ》が他人に触れても『失礼』の一言さえない。ホールを取り巻く形で並んでいるボックス席では、厚化粧の女たちが紫煙《しえん》をくゆらせ、ぎらぎらとした目の男たちと何かをささやきあっている。

ドリーニたち言うところの『セマーニ人』の姿もよく見かける。ファルバーニ人だけではなく、ナバート人やゴルリラス人、ファルバーニ人にとっては宿敵にあたるザンベニカの民までいた。

大口を開けて笑う女。女の脚にねっとりと指を這《は》わせる男。毒々しい色の酒を飲み干し、なにかの丸薬を飲む人々。ボックス席の暗闇《くらやみ》の奥では、ドレスをはだけた女が、男の下腹部に顔をうずめている。男女の営《いとな》みはよく知らないが、あれは身の毛もよだつような淫猥《いんわい》な行為なのではないか。

(こんなのは社交場ではない。ただの魔窟《まくつ》だ)

吐き気がこみあげてくるのを押し殺す。

ふと周囲をぶらつく男たちの目が、自分に集中していることに気付いた。むき出しになった肩や背中や胸に、下卑《げび》た視線がまとわりついてくる。虫の群れが体にたかってきたような嫌悪感を覚え、彼女は背筋が寒くなる思いだった。

ティラナ自身は気付いていないことだったが――。

たとえオニール仕込みの街娼《がいしょう》風のいでたちをしていても、彼女からはどうしても生来の気品と生命力がにじみ出てしまうのだ。まず姿勢がいい。体つきは幼いままだったが、芯の通った力強さと、ガラス細工のような繊細《せんさい》さが同居している。真っ白な肌は絹のようななめらかさで、照明の中でほのかに光っているようにさえ見える。

女としての魅力以前の、生物としての魅力。野生動物が時として見せる気高い美しさ。こうしたクラブに入り浸《びた》る女たちには、決して持ちえない瑞々《みずみず》しさがあるのだ。

何人かにこのクラブのオーナーの居場所を聞いてみる。だれも知らなかった。そもそもティラナは、客と店員の区別さえつかない。そのたびに彼女は相手から『それより踊らない？』だのと口説《くど》かれ、ことを荒立てずに断ることに苦労した。

五人目の相手にしつこく言い寄られて、どうにかその場から離れたところで、横から声をかけられた。

「やあやあ、お嬢さん。楽しんでる？」

その男はこちらの若者風の格好だったが、一目見ただけでセマーニ人だと分かった。四〇前くらいの若者だ。こちらの『地球年齢』に換算すれば二〇代なかばくらいだろうか。

「わたしが楽しんでいるように見えるか？　消えろ」

さすがにこの男はオーナーの所在《しょざい》など知らないだろう。そう思って疲れた声で言うと、若者は笑いながらさらに食い下がってきた。

「つれないなあ。そんなにむすっとしてちゃ、かわいい顔が台無しだよ？」

「もともとこういう顔だ」

「はっは。典型的なティブラニ地方の貴族風だよね。けっこうこっちに流れてきてるって聞いてたけど。見たのは初めてだな」

そう言われて、はじめてティラナはこの男に興味を持った。こうした知識は普通、セマーニの平民にはないからだ。

「いや、ごめんごめん。つい見惚《みほ》れちゃってさ。俺《おれ》はグラマシにいたんだ。いろいろあってこっちに移住してね。君はラビーノの係累《けいるい》っぽいけど？」

『そこまでご存じでしたら、なぜわたしたちの言葉でお声をかけて下さらないのです？』

ティラナはファルバーニ語で言った。

本来、彼女はこういう言葉遣いをする。英語で話すと堅苦しくて無愛想な感じになるのは、彼女の教師の影響だ。

『これは失礼を。かような場所ではドリーニどものイングリッシュの方が、むしろ相応《ふさわ》しいかと思ったのです。神代《かみよ》のころより伝わる言葉を使うのは、いささか後ろめたいですからな。もしご不快に感じられましたのなら、ルバーナの神にかけて、心より謝罪いたしますぞ』

人懐《なつ》っこい微笑はそのままに、相手は洗練されたファルバーニ語で答えた。右の拳《こぶし》を左腕にあて、うやうやしく頭を下げる。

『謝罪を容《い》れましょう』

『寛大なお心に感謝いたします』

『ですが、話はいま申し上げた通りです。わたしのことは放っておいてくださいませ』

『おお。されど拙者《せっしゃ》は先ほど耳に挟みましてな。あなたがこの舞踏場《クラブ》の経営者をお探しだとか。お役に立てるかと思ったのです』

『ご存じですの？』

「もちろん《シュアリー》」

いきなり英語に戻って男が笑った。

「くそったれの貴族言葉なんて久しぶりでよー。正直、くそダセえし、くそ疲れるんだよね。こっちで話さね？」

「……構わんが。デニス・エルバジを知っているんだな？」

「まあね、友達なんだ。彼にどんな用？」

「仕事を探しているのだ。わたしはこの街に来てまだ日が浅い。養わねばならない家族もいる。名高いエルバジ家の係累がここにいると聞いて、同じエル氏族のよしみから世話になれないかと思った」

「ふむ」

その若者は興味深そうな目でティラナの顔をのぞきこんだ。

「君の名前は？」

「シャジンナ。エルネバラの家の者だ」

ティラナは先ごろ改易《かいえき》になった武家の名前を出した。シャジンナはよくある女性名だ。よほどそのエルネバラ家に近しくなければ、この嘘《うそ》は見抜けないはずだった。

「なるほど。でも彼の商売はこういう店の経営なんだよな。君みたいな――まあ、なんだ、気位《きぐらい》の高い子が勤まるかどうか」

「それは努力する。とにかく彼と話がしたい」

会ってしまえばこちらのものだ。うんざりしてくるような嘘を、わざわざ並べ立てる必要もなくなる。

「ま、いいだろ。取り次いでみるよ。ついてきて」

「感謝する」

店の奥へと向かう若者の後に、ティラナはついていった。

従業員用の狭い通路を歩いていく。飾り気のないドアを抜けると、中は絨毯《じゅうたん》敷きの事務所だった。

「さあ、入って」

落ち着いた部屋だ。パステルブルーの内装で、壁には地球世界の抽象画。書類棚やロッカーの類《たぐ》いは一切なく、曲面構成の机の上に、ノートPCといくつかのディスク、それから電話が置いてあるだけだった。

部屋にはだれもいなかった。いつの間にか付き従ってきた黒服の男二人が、ティラナの後ろから無言で入ってきて戸口のすぐそばに立つ。若者は部屋を横切り机を回り、黒い革張りの椅《い》子《す》に腰かけると、両足を机の上にぞんざいに乗せた。

「さてと」

若者は改まった様子で言った。

「こういうこと。俺《おれ》がそのデニス・エルバジってわけ。本名の方だとクラーバ・エルバジ。全部名乗ってもいいいんだけど。聞きたい？」

「いや。別に」

ティラナは無感動な声で言った。薄々は感付いていたが、やはりこの若者がエルバジ本人だったようだ。

「驚かねえんだな。どうもただの没落《ぼつらく》貴族の娘ってわけじゃなさそうだ。わざわざ俺のところに来た理由は？」

「ゼェザ・エルバジ――」

ティラナは言った。『ゼェザ』はミスタと同じくらいの意味合いだ。

「――まず正直に話そう。我が名はティラナ・エクセディリカ。騎士団《サランダ》から派遣されてきた準騎士《バルシュ》だ」

「ほう？」

机上に足を乗せたまま、エルバジは唇をゆがめた。

「あの、エクセディリカ家か」

その一言だけでかっと血が熱くなるのを、ティラナは辛《かろ》うじて押しとどめた。

「……………」

「そんなにらむなよ。すこしばかり親近感を感じただけだってば。……クック」

「おまえたちと兄上を一緒にするな」

「そうかい。でも噂《うわさ》は聞いてるぜ？　騎士団の意向に背《そむ》いて、異教徒一〇〇人をこっちに逃がしたとかなんだとか。買収されたって話だが？」

「それは根も葉もない中傷だ……！」

「悪い悪い。ま、いいじゃない。……で？　ミルヴォアから準騎士《バルシュ》が来たってことは、用件はさしずめあの妖精《フィエル》のことかな？」

「知っているようだな。では返してもらおう」

「無理無理。だってあれ、商品だから。いくら正々堂々と名乗られてもねえ？　やっぱり『はいそうですか』と返すほど俺《おれ》らも純朴《じゅんぼく》じゃないよ」

エルバジは大げさに両手をあげて、げらげらと笑った。

「そう答えると思っていた」

「なるほど！　覚悟は済んでるみたいだね！」

「当然だ」

騎士が剣も持たずに、安っぽいドリーニ女の格好をしてこの場に現れ、しかも堂々と名乗ったのだ。後戻りする気がないのは、セマーニ人の貴族出身ならだれにでも分かることだった。

「それじゃ、対話は終わりだ」

エルバジがぱちんと指を鳴らした。

同時に背後の黒服二人が、背広のすそを跳《は》ね上げ銃を抜く。

ティラナはそれよりすばやく、ハンドバッグに隠し持っていた短剣《ディナンゲ》を抜いていた。念をこめて短く詠唱《えいしょう》。ラーテナの燐光《りんこう》が放たれ、刀身が倍ほどの長さになる。ヴァイファート鋼は地球で言うところの形状記憶合金だ。伸びても重さは変わらない。瞬時に装着できる鎧《よろい》も同様の鋼だったが、あれは普段着に仕込まれているので、いまは使えない。いまのドレス姿では、弾《たま》に当たったったら無事では済まないだろう。

身をひるがえし、片方の男へと一気に踏み込む。

弧《こ》を描《えが》く短剣の切っ先。黒服の一人の手首が、銃を握ったまま切り裂かれる。切断までには至らないが腱《けん》を切った。悲鳴をあげてうずくまる男。その背中に回りこみ、銃を構えたもう一人の照準から隠れる。

男が発砲を躊躇《ちゅうちょ》した。即座に短剣を投げつける。半身を逸《そ》らした男の右肩に突き刺さった。

手首を切られた男の背中を踏み台にして、相手へと跳躍する。

「はっ！」

空中で身をひねり鋭い蹴《け》りを繰り出す。男の手から銃が弾《はじ》き飛ばされた。着地するなり右肩に刺さった短剣をねじるようにして引き抜く。

「あぐっ……！」

肘《ひじ》打ち。膝《ひざ》蹴《げ》り。回転しながら短剣を薙《な》ぐ。黒服の太ももが切り裂かれ、男はそのまま膝をついた。

「まだやるか？」

「………っ」

男はうずくまったまま弱々しく手を振る。もう一人もだ。床に血だまりを作り、首を横に振っていた。

「……だ、そうだ。立派な護衛だな」

歩きづらいハイヒールを脱いで裸足になる。短剣を逆手に構え、ティラナはエルバジに向き直った。

「ほう」

彼は椅子《いす》にふんぞり返ったまま、大げさに目を丸くしていた。

ただでさえ若くみえるセマーニ人の中でも幼い風貌《ふうぼう》のティラナが、準騎士《バルシュ》の名に恥じない戦いぶりを見せたのだから、驚くのも当然だった。

「ドリーニの武器などに頼るからこうなる」

「同感だな。いまどきの若いのは骨がなくて困るよ。……っと」

エルバジは面倒くさそうに立ち上がると、机の下から一振りの長剣《クレーゲ》を取り出した。つらりと鞘《さや》から刀身を抜き、ほうきで床を掃くようにぶらぶらとさせる。

「いい腕だな、お嬢さん。師は？」

「教えるつもりはない」

「あ、そう」

言うなりエルバジは机を踏み台にして跳躍し、そのままティラナめがけて上段から切りかかった。それまでの怠惰《たいだ》な様子からは想像もつかない鋭い動きだった。

「！」

まともに受けては押し切られる。ティラナは横っ飛びに斬撃《ざんげき》をかわした。切っ先がひらめき、息つく間もなく逆袈裟《ぎゃくげさ》から襲いかかる。ティラナはこれを辛《かろ》うじて受け流した。火花が飛び散り、刃風《はふう》が彼女の髪を揺らす。

「ははっ！」

足払いがきた。ステップしてよける。

胴めがけて斬撃。さがってしのぐ。

（この男……！）

短剣しか持たないティラナは防戦一方に追い込まれた。いや、武器のせいだけではない。エルバジの剣術が並み外れているのだ。一撃一撃に刺すような気合いがこもっていて、つけ入る隙《すき》がまったく見出《みい》だせない。

背中が壁に当たった。逃げ場がない。エルバジの酷薄《こくはく》な笑顔がまっすぐ迫る。男が長剣を振りかぶり、胴の中心めがけて回避不可能の突きを繰り出した。

死ぬ――。

そう覚悟したが、串刺《くしざ》しにはならなかった。長剣は彼女の股下ぎりぎりを通り抜け、後ろの壁にざっくりと突き刺さっていた。

「……っ」

「さっきからパンツ丸見えだぜ、ティラナちゃん」

激しい動きの連続でタイトミニのスカートがあられもなくまくれあがっていた。むき出しになった下着の股間《こかん》部分に、上向きの刃がくいっと押し当てられている。薄布ごしに、ぞっとするような感覚が伝わってきた。少しでも動けば、このまま下腹部を縦割りに切り裂かれることだろう。

「まだ殺さねえ。どうやってここを探り当てたのか、じっくり聞きたいからな」

ささやくように言いながら、エルバジは彼女の短剣《ディナンゲ》をそっと取り上げた。

8

後ろ手に手錠をはめられ、ティラナは車庫へと引っ張っていかれた。待っていたリムジンの後部座席に放り込まれ、エルバジもその後に乗り込むと、車はクラブの裏口からタイヤをきしらせて走り出した。

「ミルヴォア騎士まで押しかけてくるようじゃ、このクラブは落ち着かないからな」

携帯電話で二、三の商談を済ませてから、エルバジは言った。

「それに俺《おれ》もいろいろと忙しくてさ。これから大事な取引があるんだ。この手の質問が得意な奴《やつ》もそこにいるから、君もついでに連れていこうってわけだ。だから怖がらなくても大丈夫だよ！　いきなりシルバー湾にコンクリ詰めにして沈めようとか、そういうわけじゃないから！　そんなもったいないこと、するわけないじゃん！」

げらげらと笑ってから、彼はほっそりとした肩に指を這《は》わせた。

「わたしは構わんぞ。元より生きて帰るつもりはなかった。始末するなら早い方がいいと思うが？」

「なるほど。長剣《クレーゲ》持ってないもんな。棄剣《きけん》したのか」

「…………」

「剣はどこにある?」

「国だ。父親に託してきた」

「ふーん」

エルバジはティラナの短剣《ディナンゲ》を手の中でもてあそんだ。

「じゃあ親父さんは、いまごろ娘の身を案じて嘆き悲しんでるんだろうねえ」

「どうだろうな。おまえのような悪党に捕らわれる不肖《ふしょう》の娘だ」

「はっは。そうかもな」

そこでティラナは一つの疑問を感じていた。

このエルバジは、いま自分が話した嘘《うそ》をさして疑っていないように見える。ひょっとしたら、自分がサンテレサ市警の刑事と行動を共にしていたことを知らないのではないのか?

あのコロンビア人の運び屋――アルバレスを殺害した暗殺者は、殺される前にティラナを見ている。死人操《しびとあやつ》りの術は、死人の目を通して見ることができると聞いている。つまり術者《ミルディータ》はティラナの顔を知っているはずなのだ。もちろん、その女騎士の長剣《クレーゲ》で死人が斬《き》られたことも。

これは妙なのではないか?

エルバジが術者《ミルディータ》を雇っているのなら、なぜその術者《ミルディータ》は自分のことを彼に話していないのだろう?

車はそのまま走り続け、空港近くのレストランの駐車場に入った。そこで待っていたライトバンに乗り換えさせられ、さらに三〇分ほどどこかを走る。やがて建物がまばらになってきた。市の郊外に来たのだ。

くねくねとした丘陵《きゅうりょう》地帯の道路を走り、車は古い寺院の前に止まった。数百年前のグラバーニ様式だ。このカリアエナ島は、もともとはセマーニ世界の陸地が太平洋上に転移したものである。地球人による開発が進んだ現在も、あちこちにセマーニ世界固有の建築物や遺跡が放置されている。

「お待ちしておりました、我が君」

真っ赤な装束《しょうぞく》の男がエルバジたちを出迎え、頭を下げた。そばには青白い顔の地球人が一人。こちらはスーツ姿だ。

「ゼラーダ。『商品』は出来てるな?」

「はい。先ほど最後の工程が終わりました。カリーム様もお着きになっております。ご一緒にご覧になっていただければ、と……」

「よし」

エルバジは大股で寺院へと入っていく。

「そちらの御婦人は?」

ゼラーダと呼ばれた男がたずねた。黒眼鏡《めがね》をかけているが、どうも目が見えないようだ。テイラナの足音と息遣いだけで相手が女だと察したのだろう。どうやってだか、俺《おれ》の店を嗅《か》ぎつけてきた。そのあたりを後で聞いてやってくれ」

「ミルヴァアの騎士だよ。どうやってだか、俺《おれ》の店を嗅《か》ぎつけてきた。そのあたりを後で聞いてやってくれ」

「お任せを。なにもかも喋《しゃべ》らせてご覧にいれます」

足元を杖《つえ》でこつこつと突いて歩きながら、ゼラーダは白い歯を見せて笑った。


「なんだってまた、あんな寺院に……?」

寺院から五〇〇メートルほど手前の路肩《ろかた》に車を停《と》めて、マトバは一人でつぶやいた。

ろくなバックアップもなしにそのライトバンを尾行するのは、マトバにとっても大変な苦労だった。

本部を出てから、ティラナが行きそうな心当たりの場所を探し、『まさか』と思ってオニールに電話したのが一時間前。スコッチをかっくらっていい感じにご機嫌になったオニールを辛《しん》抱《ぼう》強く問い詰めると、彼女をクラブに連れてきたと白状した。あれほど『悪党との取引きなど』と言っていたティラナが、わざわざオニールに頼ったのだ。よほど思いつめていたのだろう。

オニールをとっちめるのは後にして、マトバは単身クラブにかけつけたが、時すでに遅しだった。裏手の車庫から忍び込もうとしていたところで、捕まったティラナがリムジンに放り込まれるのを目撃したのだ。

マトバはすぐさま車に引き返し、リムジンを追いつつ、市警のヘリにはるか上空からの監視と追跡を要請した。ところがご丁寧《ていねい》なことに、エルバジたちは空港のすぐ近くで車を変えた。空港付近の上空は管制手続きの関係から、警察のヘリでも簡単には進入できない。ヘリでの追跡はあきらめなければならなかった。

マトバの方はマトバの方で、車を変えるのに苦労した。同じ車でずっと追尾していては気付かれる。エルバジたちが緑色のライトバンに変えたのを確認してから、停車したクーパーから降りるなり、通りすがりのセダンを『徴発《ちょうはつ》』しなければならなかった。

どうにかライトバンを再発見して尾行を続け、マトバはエルバジたちに追いついた。ほとんど奇跡的な尾行だ。普通だったらとっくに見失っていたところだろう。

そうして彼はいま、サンテレサ市郊外の丘陵地帯にある寺院を見出《みい》だしたのだった。

「『大出現』以前からの寺院か……」

赤土の露出した急斜面にもたれかかるようにして建つ、二つの焦茶《しゅうさ》の塔。泥《どろ》で固めて作られた、巨大な蟻塚《ありづか》を思わせる外観だ。かつては輝く白銀のタイルにおおわれ、窓枠には鮮《あざ》やかな色つきガラスがはめこまれていたのだが、それらの装飾が失われて久しいと聞く。

一五年前、このカリアエナ島が地球世界に出現したのよりもずっと昔、島がセマーニ世界に属していた時代から、この寺院は長らくうち捨てられていた。相次ぐ戦乱と飢饉《ききん》、旧領主の専《せん》横《おう》によって忘れ去られたのだ。

セマーニからの貧しい難民もここには住もうとしない。彼らにしてみれば、墓場の真ん中に住むようなものなのだそうだ。地球人は関心を示さないし、あの寺院はなにかを隠すにはちょうどいい場所かもしれない。

隠されているなにか。

おそらくは、ティラナが言っていた金細工――魔法の『触媒《しょくばい》』とやらに関連した施設だろう。あの手の寺院の地下には、よく墓所が設《もう》けられている。その空間を利用すれば、簡単な工事で工作室や倉庫が作れるはずだ。

ほどなく本部との電話でそれが裏付けられた。同僚のトニー・マクビー刑事が運送業者の記録を根気強く調べてくれたおかげで、工作機械がこの近辺に運ばれたらしいことが分かったのだ。

もう間違いない。あの寺院はクロだ。

タスコ社製の双眼鏡の倍率をあげる。

ティラナは無抵抗なまま寺院の中に連行されていった。得体《えたい》の知れない真っ赤なコート姿の男も見える。その後ろ姿になにか引っかかるものがあったが、そのときのマトバは深く考えなかった。

「……ったく、なんてザマだ、あのバカ」

双眼鏡から目を離し、マトバは毒づいた。

あの妖精がそこまで大事なのは分かったが、捕まってしまっては話にならないではないか。向こうのノリならあれでもいいのかもしれないが、こちらの流儀はもっと複雑で繊細《せんさい》だということが、あの娘には分かっていない。

だが、まあ、無事なのはわかった。

どやしつけてイビってやるには、まず助ける必要がある。慎重に打つ手を考えなければならない。それに結果論だが、こうして連中の隠しアジトも分かったのだ。

マトバは車で移動中のロス主任に携帯から電話した。寺院の位置を告げ、工作機械の件も説明する。

「監視を続けろ。ＳＷＡＴがそちらに向かっている」

主任が言った。重装備の突入班の到来を聞いて、マトバは胸をなでおろした。

「ありがたい。マーティン・リッグスみたいに単身で飛び込むかどうか、ハラハラしてましたよ。いつ来ます」

映画『リーサル・ウェポン』の主人公の名前を出してみて、小さな皮肉を感じた。リッグスは戦争帰りの元特殊部隊員の刑事だ。自分とよく似た経歴だが、命知らずで無謀《むぼう》なところはテイラナのほうがよく似ている。

「いま問い合わせている。三〇分以内には着くだろう」

「そんなに!?　急がせてくれ」

「もちろんだ。エクセディリカが捕まっているなら、誘拐《ゆうかい》の罪で起訴できるだろう。その寺院の中にしかるべき施設と薬物があれば、エルバジは三〇年以上の刑だ」

「その通り」

主任の声がノイズの向こうでかすれていた。さっきの本部との電話でもそうだったが、ここでは携帯電話の範囲がぎりぎりだ。表示を見ても、アンテナの棒が二本立つか、立たないかといったところだった。

「下手《へた》に動くな。バックアップを待て」

「わかってます。交信終了」

電話を切ってからシートに体を沈める。

五分ほど待って、口さびしくなってきた。忙しくなる前に一服しておくかと思い、内ポケットの中からマルボロを一本取り出す。

彼がかっぱらってきた車は一八年型のアウディで、灰皿はぴかぴか、ライターは未使用、どこからどう見ても非喫煙者の持ち物だった。後で返すときに文句を言われたくなかった。

「やれやれ」

マトバはうなり、車外に出た。レンジャー時代からの習慣で、こういうときは車の陰に身をかがめてからでないと火を点《つ》ける気になれない。あの寺院の前に立つ護衛たちからこの距離の火が見えるとは思わなかったが。

ジッポー・ライターを取り出し火をつける。深々と息を吸い込んで、たっぷりとうまそうに煙を吐く。

郊外はいい。なにしろ嫌煙ファシストどもがいない。

そこでマトバは気付いた。

冷え切った夜空の下、寺院の窓から煙が出ていた。

それも一つや二つではない。ありとあらゆる窓、ありとあらゆる扉の隙間《すきま》からだ。

「?」

一瞬、煙の原因が自分の煙草《タバコ》なのではないかと馬鹿な想像がよぎった。いや、そんなわけがない。マトバはマルボロを踏み消し、運転席に戻って双眼鏡をのぞいた。寺院の出入り口から男たちが出てきて、なにやら怒鳴りあっている。

あれは火事だ。

「どうなってんだ……?」

問題が起きているのは確かだ。だが、状況が分からない。単純な火災なのか、それとも人為的なものなのか。

偶然は考えにくい。あそこでなにかが起きているのだ。

マトバはすぐに主任に連絡した。

「火災が起きてます」

「なんだと?」

「火災です。SWATはまだですか?」

「急がせている。監視を続けろ」

「だがティラナがやばい。それに証拠品も妖精も。エルバジたちも逃げちまいます」

「その通りだが、君一人ではどうにもならん」

「くそっ、なんだってんだ」

「無謀《むぼう》な真似《まね》はするな。命令だ」

「だったら急いでくれ!」

怒鳴ってから電話を切り、もう一度双眼鏡で寺院を観察した。寺院の窓から立ち上る煙の量は、こうしている間にも増えていく。

(まずいな……)

悠長にSWATの到着を待つか。それとも今すぐ寺院に向かうか。

このまま座視していれば、エルバジたちは証拠品を隠滅《いんめつ》してから、いそいそと火災現場を立ち去ってしまうことだろう。悪党どもは散り散りに逃げ去り、ふたたび足取りをつかむには下《へ》手《た》したら何年もかかることになる。

それだけではない。この火事でティラナの身が一気に危なくなってきた。

自分がエルバジだったとして——かつ普通に賢い男だったとして——後ろめたい商品のあ

る場所で火事が起きたとき、どこぞの捜査官がそばにいたらどうするだろうか？

決まっている。撃ち殺してから炎の中に放り出すことだろう。

（どうする……？）

もはや一秒の猶予《ゆうよ》さえないといえる。孤立無援《こりつむえん》。ここには自分一人しかいない。マトバは本能的に手持ちの武器を確認した。

散弾銃はダブルオー・バック弾がチューブ内に六発。ストックの弾帯に五発。九ミリ拳銃《けんじゅう》は一五発プラス一発。それから一五発入りの弾倉《だんそう》が二つ。

「あー、なんてこった……」

無謀な考えがどんどん大きくなってくる。

警官の思考方法なら、ここは待ちの一手だ。命令もされている。ところが兵隊としての彼の頭脳は、『やってやれないことはない』と告げていた。

出会って三日の宇宙人のために、命を張るなど馬鹿げている。

だがあのティラナに、猫のクロイはなついていた。あいつを見捨てて帰宅したら、クロイが恨《うら》むような目で見てくるのは分かっている。そうなったら、朝飯がまずくなる。

飯がまずくなるのは真っ平ごめんだった。

「俺《おれ》までドン・キ・ホーテごっこかよ」

マトバは散弾銃と長剣をひっつかむと、暗闇《くらやみ》の中を駆け出していった。

そのすこし前。

ティラナは寺院内の一室――荒れ放題のままの小さな部屋に放り込まれていた。『商品』とやらのチェックを済ませてから尋問にかける気だったようで、一時的に監禁されていたのだ。

この部屋はかつては参拝者の休憩所だったのだろう。バローシャ杉のテーブルと椅子《いす》が転がっている。どれだけ長い歳月が経っても腐らないといわれる、頑丈《がんじょう》な木材の家具だ。

あの赤装束《あかしょうぞく》の男――ゼラーダとやらは術師《ミルディータ》だ。おそらくはマーザニの流派か。マーザニ派が得意とする術《ミルディ》の一つが、よこしまな精神操作だったはずだ。死人《しびと》を操《あやつ》り、殺しをさせたのもあの赤い術師だと考えて間違いなさそうだった。

ゼラーダが、なぜティラナの存在をエルバジに話していなかったのかは分からない。どうも事情がありそうだったが、いまはこの場からの脱出と、あの子の救出が先決だ。妖精《フィエル》はこの寺院の地下墓所のどこかにいる。あの懐《なつ》かしい匂《プラニィ》いが、ティラナにははっきりと感じられた。

なんとか手錠を外せないかとあれこれ試行錯誤しているとき、ティラナは異変に気付いた。

エルバジの手下たちが騒いでいる。戸の隙間《すきま》から漂ってくる焦《こ》げくさい空気。いくつかの言葉も聞こえた。『消火器』。『水を』。『消し止めろ』。

間違いない、火事だ。

後ろ手のまま立ち上がり、周囲を見回した。唯一の出入り口の扉は、向こう側から南京錠《なんきんじょう》をかけられている。自分の小さな体をぶつけたところで開かないだろう。

彼女は部屋のテーブルを戸口のそばまで引っ張っていき、その卓上に椅子を載せた。それから両手が不自由なまま、苦労してテーブルから椅子の上へと立つ。

どうにか出入り口を見下ろす位置についた。

足場がぐらつき、いまにもバランスを崩しそうだ。

深呼吸。よし。

「豪力の腕《マイナ・ボルヘ》、戦神の加護よ《ラプナ・イエ・ギゼンヤ》……」

念をこめて詠唱《えいしょう》する。自己暗示に近い術《ミルディ》だ。短い時間、ティラナのような小柄な少女でも、そこらの巨漢並みの力が発揮できるようになる。脳裏《のうり》に赤い光が走り、体の隅々、指先にまで熱い力が行き渡るのを感じた。

ほどなく扉の向こうで錠前を開ける音がし、男が二人、あわてて入ってきた。エルバジの手下だ。ティラナを始末するか、あるいは他の場所に移すために来たのだろう。

「いないぞ」

「おい――」

反応する隙《すき》など与えなかった。

ティラナは椅子を蹴《け》って一人に頭上から飛びかかり、顎《あご》めがけて蹴りをはなった。ぴしっ、と鋭い音。首が妙な方向を向き、たちまち男がくずおれる。その男を踏み台にして空中を跳び、もう一人の頭を両脚ではさみこむ。ちょうど正面から肩車したような格好だ。まるで軽業師《かるわざし》のような身のこなしだった。

「！」

勢いをつけ、全体重をかけて体をひねる。男が倒れた。それでも挟んだ相手の頭を放さず、一緒に床へと倒れこむ。歯を食いしばり、彼女はさらに力をこめた。

「〜〜〜〜っ！」

男が手足をばたばたとさせた。喉《のど》から苦しげな声がもれる。なかなかしぶとい。豪力の術《ミルディ》の効果が薄れはじめ、ティラナの方も苦しくなってきた。ひと休みしたい衝動と闘いながら、なおも相手を締め上げ続ける。

「っ………」

ようやく男が抵抗をやめ、ぐったりとした。ティラナはさらにしつこく二度、三度と相手の首を太ももで絞めてから、やっと力を抜いた。

どちらの二人も、死んだわけではないようだった。一人目は顎《あご》を蹴《け》られて頭蓋《ずがい》を揺すられ、失神している。もう一人も一時的に『おちて』いるだけのようだ。

肩で息をしながら身を起こし、男に背を向け、後ろ手で相手の体を探る。上着のポケットに鍵束《かぎたば》があった。いちばん小さな鍵を手探りで選《え》り分け、手錠の穴に差し込んでみる。

意外なことに、一発で手錠が解けた。

おどろくべき幸運を戦神ギゼンヤに感謝しながら、ティラナは手錠を放り捨てる。あいにく地球人《ドリーニ》の手錠はほとんどの場合、同じ鍵で開けることができるのだが、このときの彼女はまだそれを知らなかった。

次は武器だ。倒した男たちの銃などには何の興味もなかった。部屋に転がっていた手ごろな角材を手にとる。二、三度振り回して具合を確かめた。防具はない。裸同然の格好で、靴さえなかったが、それでも彼女はつぶやいた。

「よし」

ギゼンヤ神はまだ戦うことを望んでおられる。ならばこの身が炎に焼かれ、灰となるまで戦おう！　我らの戦神に栄光あれ！

改めて心の中で誓うと、ティラナは雌豹《めひょう》の身のこなしで部屋を飛び出していった。

身を低くして、石畳の通廊《つうろう》をまっしぐらに走る。天井にはもくもくと灰色の煙がたちこめていた。火元はどこだろうか？　火事はどの程度まで？　一刻もはやく妖精《フィエル》の居場所に急がねばならない。

突き当たりの角から拳銃《けんじゅう》を持った男が現れた。

「ふっ……!!」

矢のような勢いで突進し、最遠の間合いから角材を振るう。男の銃が弾《はじ》き飛ばされた。身をひるがえしつつ接近し、さらに角材を振り下ろす。側頭部に一撃。よろめいたところで、みぞおちに渾身《こんしん》の肘《ひじ》打ち。男の体が壁に叩《たた》きつけられた。

「う……」

「言え！　妖精《フィエル》はどこにいる？」

朦朧《もうろう》としている相手の襟《えり》首を締め上げ、ティラナは言った。

「地下の……墓地に……たぶん……」

「火元はどこだ？」

「わ、わからない……」

それだけ聞けば十分だった。男の後頭部を壁に叩きつけて、先を急ぐ。

寺院の広い柱廊《ちゅうろう》に出た。高い天井。遠くまで立ち並ぶたくさんの石柱。ここにも煙がたちこめている。反対側で消火器とマシンガンを持った男たちが怒鳴りあっている。グラバーニの寺院なら、地下への道は——。

「おい、おまえ！」

ティラナに気付いた男が叫んだ。彼女は構わず、柱廊の奥、礼拝堂《れいはいどう》への逆方向へと走った。地下への道はそちらにあるはずだ。

「止まれ！」

もちろん彼女は止まらない。たちまち男たちが撃ってきた。跳弾《ちょうだん》が周囲で躍りまわる。無数の石柱に弾《たま》が当たり、破片と埃《ほこり》が濛々《もうもう》と広がる。地下墓所への入り口が見えた。まっすぐに飛び込む。

「ちくしょう、追え！」

「消火が先だろ!?」

「構うもんか、どうせ無駄だ！」

男たちの怒声《どせい》を背に、ティラナは地下へと通じる薄暗い階段を駆け下りていった。

五〇〇メートル走はなかなかキツい。やっぱり車で乗り付ければよかった。

マトバは息を切らしながら、混乱した寺院のすぐそばまで駆けつけた。散弾銃を両手で持ち、肩にはティラナの長剣を鞘《さや》とベルトごとかけている。かちゃかちゃと音がするのがうっとうしくて仕方ない。

駐車中のライトバンのそばでそわそわとしていたセマーニ人の背後に忍び寄り、軽く口笛を吹いた。男が振り向く。

「!?」

「警察だ。どうすればいいか分かるな？」

散弾銃を構えて言うと、男はすぐさまサブマシンガンを放り出して両手をあげた。近づいてたちまち引き倒す。背中に膝《ひざ》を押し付けて、手錠をかけていると、寺院の中で銃声がした。

「！」

サブマシンガンのフルオート音。複数だ。いよいよヤバくなってきた。

「くそっ」

拘束《こうそく》した男を放置して寺院へ走る。視界の片隅でエルバジの兵隊が何人か、はげしく咳《せ》き込みながら車の方へと走っていくのが見えた。逃げる気なのかもしれないが、いちいち取り押さえている暇《ひま》はない。こちらに気付いていない様子なので無視する。

もうもうと煙の出てくる正面の入り口へ。寺院の中で男たちが罵《ののし》りあっていた。

(――消火が先だろ!?)

(構うもんか、どうせ無駄だ!)

ぐずぐずしていても始まらない。マトバは寺院に踏み込んだ。ただでさえ薄暗い堂内が、たちこめる煙でさらに視界が悪くなっていた。

すぐ横合い、煙の向こうからだれかが叫んだ。

「まて、おい！　ドリーニがなにしてやがる！」

バッジを見せる暇もなかった。有無《うむ》を言わさず撃ってくる。とっさに身をかがめると、すぐ背後の壁に銃弾が当たってばしっと鋭い音をたてた。

「警察だ！　武器を捨てろ！」

「かまわねえ、やっちまえ！」

サブマシンガンの銃撃が襲いかかる。マトバは石柱の陰に隠れ、雨あられとそそぐ銃弾をしのいだ。

散弾銃を向ける。影めがけて発砲。九粒入りの散弾が男の胴体のど真ん中に命中する。拳《けん》銃《じゅう》の弾《たま》など問題にならない威力だ。男は悲鳴もあげずに吹き飛んだ。

「まあ、そうなるわな——」

こなれた手つきで、散弾のカートリッジを補給しながらつぶやく。

「おかげで拘束の手間が省《はぶ》ける」

マトバはすばやく銃を突き出し、たて続けに発砲した。


地上から激しい銃撃戦の音が聞こえてくる。

なにが起きているのか分からなかったが、ティラナは構わず先を急いだ。どうやら火元は行く先、地下墓所のようだ。目がしみる。狭い通廊《つうろう》に煙がたちこめ、息をするのも一苦労だった。

通廊を抜け、地下墓所に出る。

墓所には無数の彫像が居並んでいた。あちこちで火の手があがっており、おかげで明かりには不自由しない状態だ。炎に照らされ、ゆらゆらと動く彫像の影は、まるで生命を吹き込まれたかのようだった。太古の昔から伝わる神々と、その神に仕える半神半人の勇者たち。彼らは永遠に死者の魂を守り続けるという。

（こんな場所で妖精《フィエル》を使い、いったいなにを？）

炎の中を進んでいくと、エルバジの手下二人と鉢合《はちあ》わせした。不意を突いて一人を倒し、もう一人もすばやく叩《たた》き伏せる。

匂《ブラニイ》いが強くなっていた。まだいる。この奥にあ、あ、あの子がまだいるのだ。

神像と石棺《せっかん》の中を進んでいくと、奥に『常春《とこはる》の間《ま》』があった。

かつてこの地を治めていた領主の一族が眠る墓所だ。本来なら、より洗練された武者たちの像が並んでいるはずだったが、そこにあるのはドリーニたちの工作機械だった。床には白いシートが敷かれ、いくつもの金属の部品が並んでいる。埃《ほこり》よけにシートで区切られたブースもあった。二重に仕切られている。おそらくあの中で精密作業が行われていたのだろう。

そして部屋の左側には透明なガラスのケースが並び、その中には――。

「ひどい《クエニーシユバ》……」

透明な液体の中に、麻薬の材料が浮かんでいた。妖精《フイエル》たちの体の一部だ。腕や脚や、頭や内臓や……。

酸鼻《さんび》をきわめる光景だ。ティラナはこみあげてくる吐き気をこらえ、何度かはげしく咳《せ》き込んだ。

「俺《おれ》の方がひでえよ。大事な商品が台無しだ」

声がした。工作機械の陰から、ゆっくりと男が姿を見せる。エルバジだ。右手にだらしなく長剣《クレーゲ》をひきずっている。左手にはガラスのシリンダーがついた大きめの機械。シリンダーの中には、小さな人のシルエットが見えた。あの中に妖精《フィエル》がいる。

「けっこうかかったんだぜ？　『妖精の塵《フェアリー・ダスト》』を作るのだって、ずいぶんな元手がいるんだ。あれこれ水増しするのに高価な金属と薬品もいる。これからの『目玉商品』を作るために、何十万ドルって機材も苦労して揃《そろ》えた。だってのに……こんなくだらねえ火事でご破算《はさん》ときた。おまえがやったのか？」

「知らん」

「だろうな。心当たりはあるが……。ゼラーダを見なかったか？　赤い格好の術師《ミルディータ》だよ」

「知らん。それよりその機械はなんだ。妖精《フィエル》を使ってなにをする」

「こいつは『精神爆弾』の試作品だよ」

「精神爆弾？」

「妖精の気《ラーテナ》が持つ麻薬効果を増幅して、広い範囲に放射する装置だ。ニバの古文書《こもんじょ》にある触《しょく》媒《ばい》の刻印をアレンジして、こっちの工作機械で一種の『増幅回路』を作った。マイクロ波を妖精に照射して、そのとき生まれるラーテナを……いや、あんたに話してもしょうがないか。とにかく、こいつを使えば範囲内の人間は残らず死人《しびと》――『妖精の塵《フェアリー・ダスト》』の中毒患者と同じになるってわけさ。これからバンバン、ドリーニたちに売りつけようと思ってたんだけど……」

ため息をついてから、エルバジはぱちんと両手を叩《たた》いた。

「ま、仕方がない。俺はずらかるとするよ。そこどいてくれ」

「ふざけるな」

はげしい怒《いか》りを押し殺し、ティラナは言った。

「やっぱり？」

「許せない。太古の昔より、妖精族《フィエリノ》は神聖にして冒《おか》されざる存在だ。それを貴様《きさま》は。生きたまま八つ裂きにされても足りない所業《しょぎょう》だぞ……！」

「おうおう、そう怒るなよ。すげえカネになるんだ。仕方ねえじゃん？」

エルバジはにんまりと笑った。

「俺《おれ》が地球《レト・ドリーニ》に来たのは一〇年前だ。それまでは……分かるよな？　おまえと似たように育った。典型的な武家の子だ。剣術、馬術、弓術《きゅうじゅつ》。学問に礼典に魔術《ミルディ》のあれこれ。退屈だったよ。いずれはつまらん女をあてがわれて、ガキを作って、王国に仕《つか》える。で、無能ぞろいの王侯《おうこう》どもに顎《あご》で使われ、しようもねえ領地争いの戦争でくたばる。名誉の一生がこれで完成ってわけだ。反吐《へど》が出るね。どう頑張ったって、なにも変わらないんだから」

「………」

「ところがこっちは違う。アメリカン・ドリームって奴《やつ》さ。やるだけやれば、がっちりと見返りが来る。サイエンスは最高に面白いぜ。ニュートン力学《りきがく》、相対性理論、量子《りょうし》力学、複雑系。最新の精神物理学と聖幾何学《きかがく》。順を追って学んでいけば、それが俺たちの術《ミルディ》につながっていくことがおぼろげに見えてくる。とんでもない新地平だよ！　こんな興奮を王宮の腐れ術者どもが与えてくれたか？　それにロックもいい。ああいうのを音楽っていうんだ。俺はニルヴァーナの大ファンでね！　まだまだあるぞ。クルマに、スーツに、オンナに、ビデオゲーム。どれも一〇〇年生きたって味わい尽くせない。だがそのためには、カネが要《い》る。くそったれのドリーニどもはプライドなんかない。カネさえあればなんでも買えるんだ」

「カネ、カネ、カネ、か」

ティラナはむっつりとつぶやいた。

「オビザの人食い鬼どもと同じだな。貴様はもはや人間《セマーニ》ですらない」

「あーあ。ティラナちゃんもおバカの一員ってわけか。残念」

長剣を引きずったまま、炎の中でエルバジが一歩前に出た。

「……で？　その棒っ切れ一本で俺をどう止めるつもりかな？　さっきはちゃんと手加減してやったんだぜ？　やめとけって」

「だまれ《ゼアージャ》」

「そうかい」

さらに一歩進み、長剣を構えてゼラーダは笑った。

「じゃあ手加減はなしだ」

その後の動きは一瞬だった。鞘《さや》から剣を抜き払って、ひとっとびにエルバジが迫る。以前にも増してすさまじい一撃だった。ティラナは跳び退《すさ》って切っ先をかわし、角材をまっすぐに構える。

「だから！　無駄だっての！」

エルバジの剣が横薙《よこな》ぎに迫った。反射的に受けようとして下がると、手にした角材が切断され、三分の二ほどの長さになった。

「ほらほら！　踊れ踊れ！」

二撃、三撃。

エルバジの剣は容赦《ようしゃ》なかった。反撃のチャンスなど毛ほどもない。切っ先がひらめく。角材が真っ二つになった。さらに剣が襲いかかる。かろうじてかわした。安っぽいドレスが切り裂かれ、白い肌があらわになる。

「そら、がんばりなって！　もうちょっとでおっぱいポロリだぜぇ!?」

「………………っ！」

勝てない。やはりエルバジは強い。短剣や角材ではかなわない。敵がこちらを仕留めにかかった。一気に踏み込んでくる。

だめだ、このままでは――。

「ティラナ！」

別の声が彼女を呼んだ。

それだけで相手がだれなのかすぐに分かった。

視界の片隅に男が見える。あの憎たらしい、がさつなドリーニ。ケイ・マトバが半身をふりかぶり、こちらに鞘《さや》入りの長剣《クレーゲ》を投げようとしていた。どういう経緯かは分からないが、このアジトをつきとめ、ここまでやってきたのだ。

「…………！」

くるくると回転しながら、放物線を描《えが》く長剣《クレーゲ》。

エルバジの斬撃《ざんげき》を横っ飛びにかわし、ティラナは空中でその長剣《クレーゲ》をがっちりとつかんだ。前回り受け身で地面を転がり、鞘から剣を抜き放つ。刀身が白銀に輝き、切っ先から生まれた刃《は》風《ふう》が、煙と大気をなぎ払った。

「ほう!?」

膝《ひざ》を突いたまま剣を眼前に掲《かか》げたティラナ。その姿を見てエルバジがにやりとした。

「その構え。その長剣《クレーゲ》。ヴレーデニ派だな？」

「言ったはずだ。貴様《きさま》に教える剣名はないと！」

「ふん、おもしろい……！」

エルバジが剣の構えを下段《げだん》に切り替え、ゆっくりと前に出る。

マトバが言った。

「手伝うか？」

「無用！」

一度は棄《す》てたこの剣を、ふたたび握るとはけしからぬ騎士だ――戒律を重んじる心の一部がそう叫んでいたが、同時に彼女の闘争心は、躍るようにこう告げていた。

生死を共にしてきたこの剣。小さなころから、その重さに耐え素振《すぶ》りを繰り返し、ようやく自由に扱えるようになったこの剣。命に等しいこの剣さえあれば。

決して後れをとることなどない！

「――この男はわたしが斬《き》る！」

「オーケイ、やっちまえ」

「ダーシュ・ナー・ザンナ！」

感謝の強調表現でつぶやくと、ティラナは床を蹴《け》った。

「ははっ！」

かっと両目を見開き、エルバジも一気に踏み込んできた。逆袈裟《ぎやくげさ》から鋭い攻撃が襲いかかってくる。ティラナは最小限の剣さばきで、それを受け流した。

軽く跳躍。独楽《こま》のように回転し、旋風《せんぷう》の斬撃《ざんげき》を敵へと放つ。

エルバジがよけた。遅い。ティラナの剣がわき腹を切り裂く。浅かった、皮一枚だ――だが初めての一撃だった。ティラナが着地。返す刀を頭上に構える。額《ひたい》めがけて振り下ろされてきた剣をしのぐ。下段《げだん》を横薙《よこな》ぎに。エルバジが跳び退《すさ》った。地を蹴《け》り追撃。右。左。上段《じようだん》。

すべて受けられた。

「このアマっ……」

防戦に回ったエルバジがうなった。ティラナは一声も漏《も》らさなかった。

脳裏《のうり》をよぎるのは師の言葉。

敵に休みを与えてはならぬ。

もっとはやく。もっと鋭く。

長剣《クレーゲ》の切っ先を己《おのれ》の指先と思え。白く輝く翼と思え。大鶴のように舞え。隼《はやぶさ》のように迫れ。

風を感じろ。ラーテナの流れに身を委《ゆだ》ねよ。

汝《なんじ》の剣《つるぎ》は疾風《しっぷう》なり。

汝の剣は無敵なり！

「くっ……！」

エルバジの右腕が切り裂かれた。まだ浅い。

足の甲を踏み砕いた。まだ足りぬ。

ならば――。

「ふっ！」

彼女は高く宙に跳び、最速の一撃を敵の脳天へと叩《たた》き落とした。

辛《かろ》うじてエルバジが首を傾ける。それでも長剣《クレーゲ》は肩口に食い込み、そのままほとんど胸の真ん中まで切り裂いた。

「がはっ……………!」

声にならない声が漏《も》れる。

剣をひきぬいて一歩下がると、エルバジは両膝《ひざ》をつき、鮮血をほとばしらせてうつぶせに倒れた。

「死ぬ前に教えてやろう」

大きく肩で息しながら、ティラナは言った。

「我が師の名はガラダ・ヴレーデニ卿《きょう》。ファルバーニ王国最強の剣士だ。冥界《めいかい》の鬼どもに教えてやるがよい」

「……くたばりやがれ」

それだけつぶやくと、エルバジは息絶えた。

9

こういう場合はどう言うべきか？　どうもピンとこなかったので、マトバはとりあえずぞんざいに手を叩《たた》き、こう言っておいた。

「お見事」

長剣《クレーゲ》をぶらりと下げたまま、ティラナはデニス・エルバジの亡骸《なきがら》を見下ろしている。マトバにとってはこの男を見るのは初めてだったわけだが、彼女にはいろいろと因縁《いんねん》があったようだ。

「わたしの力ではない。師が授《さず》けてくださった技のおかげだ」

ティラナが言った。

「よくわからんが、たいした腕だ。まあ、俺《おれ》だったら一秒で尻《しり》まくって逃げ出してたね。危ない野郎だ」

「確かに。初めて会ったほどの強敵だった」

「鉛《なまり》の弾《たま》なら一発だがな。……ごほっ」

マトバは周囲を見回す。地下墓所に広がる火の手は、いよいよ大きくなってきていた。もたもたしていたら、この場でステーキになってしまう。

「おまえさんに言いたいことは山ほどあるが、それは後だ。そこに転がってるのがお目当ての妖精だろ？　さっさとここをずらかるぞ」

石畳の床の上に転がっている、ガラスのシリンダー付きの機械に顎《あご》をしゃくる。シリンダーの中には、小さな人影が浮かんでいた。

「これか」

ティラナがふらふらと、その妖精詰めの機械に歩み寄った。すぐ前で膝《ひざ》をつき、いまいましげに首を横に振る。

「ちがう。これは偽物《にせもの》だ……」

「なんだって？」

「心得《こころえ》のない者にはわからないだろうが、これはただの人形だ。あの子の気《ラーテナ》も匂《ブラニィ》いもない。エルバジも信じていたようだからな。さっきからまさかと思っていたが……」

「じゃあ、本物はどこだ？」

ティラナは目を閉じ、感覚を研ぎ澄ました。

「遠ざかっている。方向はわからないが——」

「だれかが本物を持ち去ったってことかよ」

マトバは舌打ちした。

地上の方から、パトカーのサイレンが聞こえていた。いくつかの銃声と『動くな、警察だ！』との声も。バックアップが到着したのだ。いまごろ上では大勢のＳＷＡＴがどやどやとバンから降りてきて、エルバジの兵隊たちを拘束《こうそく》するなり射殺するなりしているはずだったが――。

「いまも遠ざかってると？」

「そうだ」

「考えにくいな。上にはもうＳＷＡＴが来てる。寺院の外は見通しがいいし、逃げ道なんてない。持ち出した奴《やつ》がいたら捕まってるはずだよ」

「そうかもしれないが……いや、まて」

なにかに思い当たった様子で、ティラナは地下墓所の奥へと駆け出した。それまで見てきた棺《ひつぎ》よりも、上等なつくりの石棺《せっかん》が並ぶ広間だ。マトバは彼らの葬儀の習慣は知らなかったが、おそらくは貴族か領主用の墓所なのだろう。

「……ここは古い時代のグラバーニ寺院だ。だとしたら、その後の領主の弾圧を恐れて、きっと……」

居並ぶ石棺の上に積もった砂埃《すなぼこり》を払いながら、ティラナがぶつぶつとつぶやく。刻印の文字を読み、小さく首を振り、次から次へと――。

「これだ」

ティラナが石棺のひとつに手をあてた。

よく見れば棺の蓋《ふた》に、人の手の跡《あと》が残っている。ティラナが両手を添えてぐっと押した。彼女の細腕ではとても動きそうにないほど重く見えるのだが、棺《ひつぎ》の蓋《ふた》は思いのほかあっさりとすべっていった。ごろごろと重たい音がして、棺の中身があらわになる。薄気味悪いミイラの類《たぐ》いでもあるのではないかと思ったが、そんなものはなかった。

代わりにあったのは、さらに地下へと続く石造りの階段だ。

「信徒の脱出用に作られた、秘密の通路だ。どこか地上に通じているに違いない」

マトバは口笛を吹いた。

「『インディ・ジョーンズ』の世界だな」

「足跡《あしあと》がある。やはりここから逃げたらしい。あの赤い術師が、『精神爆弾』とやらを持って。エルバジも欺《あざむ》かれていたのだろう」

「赤い術師？　精神爆弾？」

「それは歩きながら説明する。追おう、ケ、イ、」

ティラナは石棺《せっかん》の中の階段へと身を乗り出した。マトバも後に続く。

「へいへい。ケイ、ね」

「どうした？」

「いいや、テ、ィ、ラ、ナ、」

そう言って笑うと、彼女もようやく気付いた様子で、軽く鼻を鳴らした。

「ぼ……『ボナ《ミス》』をつけるのは面倒だな。そのままで構わんぞ。ただし特別だからな」

「じゃあそっちも『ケイ』でいいぜ。ただし特別だ」

「わかった、ケイ」

軽く微笑《ほほえ》んでから、ティラナは自分の長剣をちらりと見て、すこしためらいがちに言った。

「それから……さっきは長剣《クレーゲ》をありがとう。助かった」

「気にすんな。ついでに——聞いてもいいか？」

「なんだ？」

「あのな、おまえ。なんなんだ、その格好？」

マトバは彼女の体を無遠慮に見つめた。きわどいボディコンのタイトミニ、素足で肩出し。ついでにススだらけで、あちこちが破れて白い肌が露出しているのだから、扇情《せんじょう》的なことこの上ない。

「じ、じろじろ見るな！」

顔を赤らめ、肢体《したい》をよじってティラナが叫んだ。

「いちおう気にはしてたんだな……」

「べ、別にわたしの趣味ではないぞ!?　ただ単に、お、おまえたちポリスの潜入捜査を真似《まね》てみただけで……！」

「そいつは結構だが、オニールの趣味は信用しないほうがいいぜ。さあ、行った行った」

ティラナの背中を押して、マトバは隠し通路へと降りていった。

真っ暗な地下通廊《つうろう》を進んでいく。

まともな明かりはティラナに渡したマグライトの光だけだった。じめじめとした冷たい空気がたちこめている。もう二〇〇メートル以上を早足で歩いてきたが、出口はいまだに見えてこなかった。視界が悪いうえに足元もごつごつと起伏《きふく》がはげしいため、走ることもおぼつかない。

「精神爆弾か」

マトバは暗闇《くらやみ》を歩きながら、ティラナからおおよその話を聞いて、うなり声をあげた。

「細かい理屈はわからんが、それなら二一分署の連中がやられたのも説明がつく。即効性のヤク中製造機ってわけだな」

「高位の妖精《フィエル》を使えば、すさまじい威力になるはずだ」

「食らうと即死ってことか」

「いや。おそらく……とてつもない範囲にラーテナの影響を及ぼすのだと思う。下手《へた》をすればこの街に住む人間すべてを死人《しびと》にできるかもしれない」

「そんな物騒《ぶっそう》なモン作ってやがったのか。くそっ」

「あの『赤い術師』――ゼラーダという男はそれを持ち去ろうとしている。どこで使おうと大惨事をもたらすだろう。これでも妖精《フィエル》のことは犬猫の失踪《しっそう》と変わらない問題だというのか？」

冷ややかな声でティラナが言った。

「……ああ言ったのは悪いとは思うけどな、仕方ないだろ。おまえらだって、ウランやプルトニウムの重要さはわからないはずだ」

「ニュークリア爆弾とやらの原料になる猛毒だな。それくらいなら聞いているぞ」

「そら見ろ、その程度の認識だ。だいたいいまの問題は――」

行く手にちらりと人影が見えた。

ゆるやかにカーブを描《えが》く通廊のむこうだ。ティラナが手にしたマグライトの光の中で、男の手にした銃がこちらを向く。

「伏せろ！」

ティラナがさっと床に伏せた。男が拳銃《けんじゅう》を撃った。暗い通廊を銃声がつんざき、そばの石壁に跳弾《ちょうだん》が当たってぱしっと光る。ティラナがマグライトの光を相手に向ける。マトバは散弾銃をまっすぐ構え、立て続けに二発撃った。

手ごたえあり。男は身じろぎして、あおむけに倒れた。

「あいつがその魔法使いか？」

「いや、死人《しびと》だ。気をつけろ……！」

ティラナが警告した通り、倒れたはずの男はすぐさま身を起こし、こちらへさらに発砲してきた。空気を切り裂くぴゅん、という音がして、周囲で弾丸が跳《は》ね回る。

「なるほど、ゾンビだ」

ティラナに覆いかぶさる格好で身を低くしながら、マトバはさらに二発撃った。男の体がぐらりと傾く。散弾はこれで終わりだ。マトバは散弾銃を捨てて拳銃《けんじゅう》を抜き、思い切って前へと走った。

銃を持った腕をぶらりと垂れ下げた男――セマーニ人がこちらを見ている。がくがくと震えながら銃を上げ、こちらを狙《ねら》ってくる。その前にマトバは拳銃を構え、九ミリ弾を相手の頭に叩《たた》き込んだ。

一発。二発。三発。

男はのけぞり、それでも前のめりになって、やっとうつぶせに倒れて動かなくなった。

「足止めか。用心深い野郎だ」

息絶えた男の手から拳銃を蹴《け》り飛ばし、マトバは背後を振り返った。ティラナは頼りない足取りでこちらに追いついてくる。

「怪我《けが》は？」

「いや。おまえの銃の音で頭がくらくらするだけだ……ドリーニの武器は最悪だな」

「そのうち病《や》みつきになるぜ。急ぐぞ」

「妖精《フィエル》はすぐ近くだ」

おっかなびっくり進んでいる場合ではない。さいわい足場も平坦《へいたん》になってきた。マトバとテイラナは地下通廊《つうろう》を走り続け、さらに二〇〇メートルほど前進した。乾いた外気が漂ってくる。やがて唐突に通路が終わり、彼らは小さな石堂の中に出た。

（ここは……）

そこは古びた祠《ほこら》だった。一台分の車庫ほどもない広さで、簡素な造りの祭壇がある。マトバたちはその祭壇の奥から出てきた格好だった。寺院から離れたどこかの斜面に作られているのだろう。

祠の出口から男が出て行こうとしていた。

全身赤ずくめのコート姿。あの魔術師――ゼラーダだ。右手には杖《つえ》。左手にはガラスのシリンダーが埋め込まれた機械を抱えている。あれが精神爆弾だ。

「止まれ！」

拳銃を向けてマトバが叫ぶと、ゼラーダは数歩進んでからぴたりと止まった。

「ああ……残念。追いつかれてしまったようですな」

こちらに背中を向けたままゼラーダは言った。

「その杖と爆弾を地面に置け。ゆっくりとだ」

「仰《おお》せのままに。……っと？　おや。貴方《あなた》様は……先日のおとり刑事どのですな？　これはこれは……」

言われた通りに杖と精神爆弾を地面に置きながら、ゼラーダが言った。いまだにこちらを見てもいない。声だけでマトバと分かったのだろう。ティラナから聞いた限りでは、この男は全《ぜん》盲《もう》だということだった。

油断なく銃口を向けたまま、祭壇から降りてマトバは告げる。

「会えて嬉《うれ》しいぜ、宇宙人野郎。リックの仇《かたき》だ。一生ムショにぶち込んでやるからな」

「いやはや、それは困りますなあ」

「油断するな、ケイ。その男は危険だぞ」

後ろからついてきたティラナが押し殺した声で言った。

「わかってる。……さあ、両手を挙げてひざまずけ。抵抗しても構わねえけどな。俺《おれ》はてめえのドタマに鉛《なまり》の弾《たま》をぶち込みたくてウズウズしてるんだ」

「お怒《いか》りの御様子ですな。しかし……。うむ？　おやおや、奇遇《きぐう》な。貴方《あなた》様は……」

「うるせえ！」

祠《ほこら》を飛び出し、マトバはゼラーダの背中を蹴《け》り飛ばした。魔術師はうつぶせに倒れ、小さな悲鳴をあげた。その背中に膝《ひざ》を押し付け、拘束《こうそく》用のナイロンテープを取り出す。あいにく手錠は、さっき寺院に踏み込む前に見張りの男に使ってしまっていた。

リックの仇だというのはもちろんだったが、なぜか彼はそれ以上の嫌悪、それ以上の不快感をこの男に感じていた。リックが死んだあの路地でも、同じ感覚だった。心のどこかに引っかかる記憶。ここ数日の捜査中、『そんなはずはない』と理性が押しとどめてきた言葉。

——まさか、こいつが？

手を放して飛びのきたい衝動を抑えながら、マトバは男の手首をナイロンテープで縛りつけた。

「なんとまあ……盲目の老いぼれにむごいことを。貴方様のお怒りはごもっともですが、せめていくばくかのお慈悲を——」

「ペラペラ喋《しゃべ》るな、クソ野郎。おまえには黙秘権がある。あらゆる陳述も裁判では不利な証《しょう》拠《こ》となりうる。おまえには弁護士を雇う権利がある。その費用がない場合は、官選弁護人をつけてやる」

被疑者の権利を聞かせていると、新たな男が一人、近づいてきた。

ロス主任だった。

「マトバ。捕まえたようだな」

まだ夜だ。祠の建った丘の斜面、その上にくねくねと続く車道に一台の乗用車が止まっており、そこからゆっくりと斜面を降りてくる。

「主任？」

後ろ手に拘束したゼラーダを引っ立てながら、マトバは怪訝《けげん》顔で言った。

「寺院の方は制圧されつつある。その爆弾を買うはずだった国際手配中のテロリスト——アブ・カリームも拘束された」

「そりゃ何より。……だが、なぜここが?」

主任は彼のすぐそばまで来ると、スーツの下から短銃身のリボルバーを取り出した。

「こういうことだ」

言うなり、彼は無造作にティラナの胸めがけて発砲した。

未明《みめい》の丘陵《きゆうりよう》地帯に銃声がこだまする。ティラナは一声もあげずにがくりとのけぞり、祠《ほこら》の入り口にもたれかかるようにして倒れ、そのままぐったりと動かなくなった。

「!」

「その男を放せ」

主任の銃口はぴたりとマトバの胸を狙《ねら》っていた。

「な……」

なにが起きているのか、マトバにはなかなか分からなかった。

三年以上、尊敬する上司として組んできた相手が、いきなり自分に銃を向け、捕まえたばかりのリックの仇《かたき》を放せと命じている。本気の目だ。決して『ゾンビ』のそれではない。ジャック・ロス警部はまごうことなき自分の意志でティラナを撃ち、マトバに銃を向け、ゼラーダを解放しろと言っているのだ。

「放すんだ」

彼がゼラーダの手を放したのは、混乱のあまり力をゆるめてしまったからだった。セマーニ人の黒魔術師はマトバをはなれ、ロス主任のそばによたよたと歩いていった。ロスは微塵《みじん》の油断もなく銃を向けたまま──そうだろう、彼は何よりもマトバの実力を知っている。

「助かりましたぞ、ロス様」

後ろ手に拘束《こうそく》されたゼラーダの指先が、かすかに青く光った。白い煙がわずかに立ち上り、彼の手首を縛っていたナイロンテープが焼き切られた。

（この野郎……）

どんな術なのかは知らない。だが拘束を逃《のが》れようと思えば、いつでも逃げられたということなのだろう。

ロスが言った。

「早く行きたまえ。運転はできるか？」

「杖《つえ》があれば、なんなりと」

「では私の車を使え」

「おおせのままに……フフ」

ゼラーダは頭を下げると、精神爆弾と自分の杖を拾い上げ、早足で丘の斜面を上がっていった。そこで一度立ち止まり、振り返る。

「そうそう。マトバ様、でしたな？」

「……………」

「すっかりとたくましくお成りで。ダキシニの沼地でお会いしたときとは、見違えるようですぞ」

ゼラーダのその言葉を聞いた瞬間、マトバの脳裏《のうり》ですべての疑念――前から感じていた言い知れない感覚がすべて形になった。

やはり、こいつなのだ。

「貴様《きさま》か。貴様が俺《おれ》の部隊を――」

「では、ごきげんよう」

「まっ……」

反射的に追おうとしたマトバを、ロスの鋭い声が止めた。

「動くな、マトバ。銃を捨てろ」

「そっ……」

「捨てるんだ」

従うしかなさそうだった。マトバは銃をゆっくりと地面に置いた。

「こちらに蹴《け》れ」

これも言うとおりにするしかなかった。

「……どういうことだ」

車道のセダンへと向かっていくゼラーダの背中を見ながら、マトバは言った。

「あ……あいつはリックを、妖精を。それにあいつは……。いったい、なんだって……」

そこまで言ってからマトバは気付いた。

「あんたが漏《も》らしたのか？　あの野郎に？　アルバレスのことや、捜査の進行状況を!?」

「そうだ」

まったくの無表情。陰気な声でロスは言った。

「私がゼラーダに教えていた。アルバレスの部屋への突入に待ったをかけて、その間に暗殺者を差し向けさせたのも。君に経験不足のセマーニ人騎士を付けるよう本部長に提案し、足かせをつけたのも。あの寺院が割れたことをゼラーダに知らせ、あえて彼に火をつけさせ、爆弾を持っての脱出の機会を与えたのも。すべて私だ」

そう。すべてを見越したようなエルバジたちの動きも、最後のあの混乱ぶりも、それですべて辻褄《つじつま》が合う。いや、エルバジ自身は知らなかったのかもしれない。自分の召使いが警察とつながっていることなど。エルバジも利用されたのだ。ゼラーダはエルバジをたきつけ、麻薬精製から精神爆弾の製作に乗り出し、それを完成させた。おそらくは、ロスと共謀して。

だが——。

「なぜなんだ？」

「利害の一致だ」

ロスは言った。ひどく疲れた声だった。

「あの男は地球文明を憎んでいる。地球社会に混乱を引き起こし、両文明の間に隔絶《かくぜつ》が起きることがゼラーダの望みだ。その最も簡単な手段が、このサンテレサ市でのテロリズムだった。彼はこれから市内に向かい、あの爆弾を炸裂《さくれつ》させる手筈《てはず》になっている」

「あんたはそれを止める立場だったはずだ」

「どうかな。予算不足と士気《しき》の低下は君も前から指摘していたはずだろう。いずれは手に負えなくなると。この街が抱えている危機を世界に知らしめ、現在の政策に再考をうながすには、あの精神爆弾は打ってつけだ。いたずらに社会のインフラを傷つけることなく、人々の間に恐怖を植えつけるのだ。なにしろ被害を自由にコントロールできるのだからな」

「それが警官の言うことか」

「警官か。だが私はそれ以前に『地球人』なのだ」

視界の向こうで、ゼラーダがセダンに乗り込むのが見えた。爆弾を座席に放り込み、ドアを閉め、走り出す。すぐに追いかけたかったが、ロスの銃はぴたりと彼を狙《ねら》っていた。周囲に人気《ひとけ》はない。寺院からこちらは丘陵の陰に隠れていてまったく見えない。孤立無援《こりつむえん》だ。

「私も根本的にはゼラーダと同じ考えだ。両世界は分断されるべきだと考えている」

「いまさらなにを。適応してる奴《やつ》らだっているじゃないか」

「融和や適応など理想主義者のたわごとだ。われわれと彼らは決して理解しあえない。この街の惨状を見れば容易にわかることだろう。セマーニ人は第三世界の難民たちよりも始末に負えない。『第四世界』からの、まったく異なる価値を持つ人々だ。しかもかつては地球人が持っていたはずの生命力に満ち溢《あふ》れている。彼らの暴力性はその発露《はつろ》だ。……いまはまだいい。だがこのままでは三世代後には彼らが地球社会を支配することになるだろう。侵略は突然始まるものではない。だれも気付かないうちに――そう、当の本人たちですら自覚せずに進んでいくものなのだ」

それはマトバも漠然《ばくぜん》と感じていたことだった。これまでサンテレサ市で警官をやってきて、セマーニ人と地球人の軋轢《あつれき》を直接見聞きし、肌身で感じてきたのだから。ロスの見解は悲観的というよりは、むしろ現実的なものだとさえ言える。

「……いいだろう。だとして、どうするんだ？」

マトバは言った。ここまで自分に話したのだ。そのまま帰すわけがあるまい。

「ケイ・マトバ。君なら分かるかもしれないと思って話した」

「同志にでもなれってのか？　全部のみこんで？」

「そうだ」

「けっこう長い付き合いだ。俺《おれ》がどう言うか想像つくよな？」

それからマトバは声を出さず、口をぱくぱくさせた。『くそくらえ《ファック・ユー》』と。

「残念だ」

ロスはため息をついた。

「君はいつも足首にリボルバーを隠していたな。試してもいいぞ」

マトバの右のくるぶしには、バックアップ用の小型拳銃《けんじゅう》が隠してある。いまひざまずいて手を伸ばし、銃を抜いてロスに向けようとしたら——それまでに自分は確実に三発は撃たれることだろう。ロスも射撃の名手だ。両者の距離は四メートル弱。まず外す距離ではない。

それでもやるしかない。致命傷さえ食らわなければ——。

そのとき、祠《ほこら》の入り口に倒れていたティラナが、だしぬけに身を起こした。死んでいなかったのだ。刹那《せつな》、ロスの注意がマトバから逸《そ》れた。

「!」

ほとんど反射的に動く。

身を屈《かが》め、足首に手を伸ばし、ホルスターのマジックテープを剥《は》がし、リボルバーのグリップを握り——ロスの銃口がこちらを向いた——間に合わない。

ロスが撃った。肩に鈍痛。まだ生きてる。リボルバーをロスに。発砲。胸のど真ん中に命中——。

「……っ!」

ロスがよろめき、銃を落とし、仰向《あおむ》けに倒れた。

緊張の瞬間が通り過ぎると、全身からどっと汗が噴《ふ》き出すのを感じた。ロスの銃弾は右肩をかすめただけだった。彼がこの距離で外すとは思えない。その理由はティラナだった。彼女がそばに転がった石つぶてを投げつけて、それがロスの腕に当たったのだ。

「……大丈夫か？」

マトバが言うと、ティラナはのろのろと立ち上がって長剣をかざして見せた。刀身の三分の一くらいの部分に、潰《つぶ》れた弾丸が張り付いている。剣で受け止めたのだ。

「たまげたな」

「わたしもだ」

青ざめた顔でティラナが言った。

「ギゼンヤ神のご加護だろう。胸と頭を打って、すこしの間、気を失っていたようだが……。すまなかった」

「いや。助かった」

彼は倒れたままのロスに歩み寄った。

「残念だよ、ロス」

マトバは言った。

「あんたのことは親父のように思ってた。本当だ」

「そうか」

ロスが言った。口の端から血の泡が漏《も》れ出していた。

「すまなかった」

それだけつぶやき、ジャック・ロスは息絶えた。

融和や適応など理想主義者のたわごと――彼はそう言っていた。それを否定しきれない、よどんだ気持ちが、マトバの胸に重くたれこめる。自分だって、ティラナを最初から差別していたではないか。

それにロスが抱えていた危機感もわかる。

消費文明に毒された地球人は、彼らには勝てないのではないか？　全面的な戦争などではなく、もっと正当《フェア》に、同じ条件、同じルールで、社会の一員として彼らと競ったとしたら？　多くの分野で、旧来の地球人は駆逐《くちく》されてしまうかもしれない。それは会社の営業マンであったり、俳優や歌手であったり、科学者であったりするだろう。もちろん警察官もだ。

大昔からそうだ。優位に立ち、差別する側の種族や階級は、常にこの不安を抱えて生きてきた。『自分たちは負けるかもしれない』と。いいか悪いかの問題ではなく、自然な反応、無理からぬ恐怖だった。

まだ中学生で日本に住んでいたころ、彼の母親のPCにささいな不具合があって、製造会社のサポートセンターに電話したことがある。母親は二言《ふたこと》三言《みこと》、電話の相手と会話して、『よくわからないから、圭《けい》が話して』といってきた。サポートセンターの担当者は中国人だった。そのブランドのPCサポートは、すべて中国のアウトソーシング企業が担当していたのだ。その中国人は、流暢《りゅうちょう》きわまる日本語で、きわめて懇切《こんせつ》丁寧にトラブルの原因をつきとめ、どんな機械オンチにもわかるように解決方法を指示してくれた。終業時間を気にしている日本人のサポート担当者なんぞよりも、はるかに真摯《しんし》な対応だった。だというのに、マトバの母親は——普段は善良な女だった——気味悪そうに『やあねえ、外国人を使うなんて』とぼやいていた。

あのとき、マトバは幼いながらも初めて感じた。『自分たちは負けるかもしれない』と。あの中国人のサポート担当者の優しい声こそが、それまで経済的に優位を保っていた日本という国に属する彼に、漠然《ばくぜん》とした不安を与えたのだ。ニュースで見る日本人相手の犯罪や、反日デモや暴動などではなく、あの優しく真摯な声こそが恐ろしかった。

セマーニ人も同じだ。

確かに彼らはいまだに中世の文明のままだが、学習熱心で、活力に満ち、野心にあふれている。ティラナもその一人だ。こんな連中に、享楽《きょうらく》にふける地球人がかなうわけがないではないか。刑事をやりながら、いつも心のどこかでそう感じていた。

警官である以前に地球人。

ロスの言い分はよくわかる。向こうの戦争に行って、彼らと戦った経験があるマトバには、ひどくよくわかる。

だからといっても——。

「これはルール違反だろう」

物言わぬロスの死体を見下ろし、マトバはつぶやいた。

どうにもならない、やりきれない思いが彼の肩にのしかかってくる。市民の安全を守ろうとする警官だったのに、その信念の果てがこの裏切りとは。まだあんたからは学ぶべきことが山ほどあると思ってた。

それが、こんな。

どれほど重く暗い影を、この俺《おれ》に押し付けたのか分かっているのか、あんたは?

まだ朝は遠い。夜の大気はどこまでも静かで、なぜかそれが腹立たしかった。

何十秒くらいだっただろうか。マトバがその場に立ち尽くしていると、ティラナがためらいがちに声をかけた。

「ケイ……」

「しめっぽいのはやめよう。時間がない」

きっぱりと言って自分の銃を拾い上げると、マトバは早足で歩きだした。

苦しむのは後だ。まだやるべき仕事がある。

ひとりの——いや、ふたりの警官として。

「奴《やつ》を追うぞ。あのゼラーダはすぐにでも爆弾を使うつもりだ」

寺院にいたパトカーの一台を呼び出し、マトバたちはそのまま車を拝借して市内へと走った。運転していた巡査はロスの元に残していく。ゼラーダが乗っていった主任の車も緊急手配させた。

すでにかなりの時間を潰《つぶ》してしまっている。曲がりくねった丘陵《きゅうりょう》地帯の道を飛ばしたが、ゼラーダの車を捕捉《ほそく》することは無理だった。奴が精神爆弾を持って、どこに向かったのかもわからないままだ。

「ケイ! こ、心当たりはあるのか?」

荒っぽい運転に目を回しそうになりながら、ティラナが言った。

「少しはな。ロスの言ってたあれこれを信じるなら、奴は中心街《セントラル》では爆弾を使わないはずだ」

彼は葬式のときのロスとの会話を思い出していた。

ロスがゼラーダのテロを是認《ぜにん》したのだとすれば、それは中心街やダウンタウンでの混乱を狙《ねら》ってのものではないはずだ。それでは意味がない。なにしろ、ダウンタウンやセブン・マイルズはいまでも充分治安が悪いのだから。世間に訴える力を持つのなら、もっと別の場所——市の治安低下を他人事《ひとごと》のように考えている人々の住む地域ではないのか。

「たとえばクイーンズ・バレーだ」

あの高級住宅街。あそこで爆弾を使えば、テロとしての効果は大きい。報道価値も高いし、それだけ世界的なニュースになるだろう。

あくまで、あのゼラーダがロスと同じ考えならば、だが。

ほどなく、緊急手配されていた主任のセダンを、クイーンズ・バレー近くの監視カメラが発見したという報告があった。

「ビンゴだ」

マトバはスロットルをさらに踏み込んだ。

「ゼラーダはそのクイーンズ・バレーのどこに？」

ティラナが言った。

「どうかな。わからん。範囲の広い爆弾なんだろう？」

「おそらく」

「地球の核爆弾とかだと、ある程度の上空から爆発させると効果が大きくなる。建築物や地形の遮蔽《しゃへい》効果が減るからな。その精神爆弾に同じような制限があると思うか？」

「どういうことだ？」

「部屋の中に明かりを置くときは、低いところより高いところにするだろう。それと似たような理屈だ」

「なるほど」

ティラナは助手席に身を沈め、すこしの間黙考《もっこう》した。

「……ラーテナも物質の影響は受ける。とても分厚い石や鉄などを通り抜けると、ラーテナも弱まるといわれている。あの爆弾も同じかもしれない。おまえの言うとおり、高いところで使うのが理想的だ」

「だとしたら、あそこがベストだな」

ハンドルを切りながら、マトバはつぶやいた。

「フォレストタワー。サンテレサの観光コースの定番だ」

まだクイーンズ・バレーからは遠かったが、彼らの位置からでもその建物は見えた。未明《みめい》の空にそびえる白い巨塔。クイーンズ・バレーの北西部にそびえる、超大型のマンション兼ショッピング・モールだ。

「金持ち向けのブランド店や高級レストランがごっそりある。上層階は高級マンション。一部屋が何アールもあるようなクソ高いところだよ。俺《おれ》みたいな庶民には関係ない世界さ。……急にゼラーダを止めるのがバカバカしくなってきたな」

じろりとティラナににらまれて、マトバは肩をすくめた。

「わかってる。冗談だよ」

「ならばいい」

クイーンズ・バレーに入る。閑静《かんせい》な住宅街を突っ切っていく。わざとタイヤをきしらせ、激しいエンジン音を響かせてやったが、ティラナは特に文句を言わなかった。これくらいのうさ晴らしは許してくれるようだった。

「ケイ」

「なんだ」

「ゼラーダを知っているのか?」

しばらく押し黙ってから、マトバは言った。

「さあな。俺《おれ》にとっては、ただの犯人だ」


五分も経《た》たないうちにフォレストタワーまで来た。

いまは未明《みめい》で、もちろん全店休業中だ。電話でタワーの警備センターに問い合わせたが、異状はないという。しつこく言って確認させたら、従業員用の通用門の警備員が応答しないことが分かった。

『様子を見にいくのでお待ちください。居眠りしてるとは思いませんが――』

「いや、いい。俺の方が近い」

まどろっこしい警備センターからの言葉を遮《さえぎ》り、パトカーを降りて通用門へと走る。

通用門の二人は死んでいた。

どちらも苦悶《くもん》の表情だ。目玉が飛び出しそうなほど大きく両目を見開き、自分の喉首《のどくび》や胸をかきむしって息絶えている。

「これは……溺死《できし》か?　くそっ」

マトバは悪態をついて、警備室の中を見回した。

「ゼラーダの仕業《しわざ》か」

「間違いない」

小鼻をふんふんとさせながら、ティラナが言った。

「禍々《まがまが》しい匂《プラニィ》いだ。あの男の術《ミルディ》で死んだのだろう」

「くそっ」

マトバは警備室のコンソールを見回した。大小二〇近くの無数のディスプレイに、監視カメラからの映像が映し出されている。あいにくゼラーダの姿はなかった。エレベーターの稼働《かどう》状況を見る。一台が動いていた。最上階へと向かう業務用エレベーターだ。

「屋上に向かってる。いくぞ」

二人は警備室を出て、タワーの業務用エレベーターへと走った。最上階のショールームに商品を運ぶための直結のエレベーターだ。

最上階行きのボタンを押し、エレベーターが動き出すとマトバは言った。

「やっぱりヤク中を操《あやつ》るだけじゃなかったのか」

「言っただろう、あの男は危険だと」

セマーニ人の術師《ミルディーータ》の危険さは、いまだに地球人の間では正しく理解されていない。こちらでは一般的に『魔術師《メディスン・マン》』と呼ばれている。ネイティブ・アメリカンなどの薬剤師《メディスン・マン》——古くは魔法使いとして崇《あが》められていた職業と同類くらいにしか考えられていない。薬物やトリックを駆使した、奇術師や幻術師のようなものだと考えている者も多い。

そうではないことをマトバは知っていた。彼らは時に、地球人の知る物理法則を超えた現象すら引き起こすのだ。しかもその全貌《ぜんぼう》はいまだに把握《はあく》されていない。

「奴《やつ》の手品を全部説明できるか？」

「わたしにもわからない。だが、さきほどのゼラーダは本気を出していなかったと思う」

「俺《おれ》のお縄にかかったのにか？」

「破って逃げるか、わたしたちを殺す自信があったのだろう。おとなしくおまえに従ったのは、おそらくただの様子見だ」

「まあ、そうだったんだろうな。ちくしょう」

エレベーターの壁をごつりと叩《たた》く。苦もなく手錠代わりのナイロンテープを焼ききったのを見た以上は、ティラナの言葉を頭ごなしに否定することはできなかった。

まずい流れだった。

戦闘を前にして相手の手練手管《てれんてくだ》が分からないのは、かなり危険な状態だ。その法則ばかりは、セマーニ世界だろうが地球世界だろうが変わらない。マトバが階数表示をにらんでいると、ティラナが深刻な声で言った。

「高位の術師《ミルディーダ》の力は、ただのまやかしではない。屈強《くっきょう》な戦士の目をくらまし、鍛《きた》えられた剣や矢を跳《は》ね返し、指先から毒を含んだ火を放つ。いわんや、ドリーニの武器など……」

「これっぽっちも効かないってのか」

「そうだ。おまえたちの武器には魂がない」

「はん、魂かい。おまえらの言う魂とやらが、どんなものかは知らないがね」

マトバは愛用の拳銃《けんじゅう》を引き抜き、残弾を確認した。

「こいつにだって魂はある。ＳＩＧ《シグ》ザウエル、Ｐ２２６。九ミリ弾の威力はそこそこ、装弾数もほどほど。でもいい銃だ。設計者の真心がこもってる。精度も作動もしっくりぴったり。こいつを入手してからずいぶん経《た》つが、ずっと大事に手入れしてきた。ヤバいときはいつもこいつと一緒だったし、愛着もひとしおってわけだ。それでもやっぱり、こいつは魂のないドリーニの武器なのか？」

細かい傷だらけの黒い拳銃――使い込まれたプロのツールを、ティラナはしげしげと、注意深く見つめた。

「なるほど。かすかだが、この銃《ガン》からはラーテナを感じるぞ」

皮肉のニュアンスなど一切なく、彼女はごく真面目《まじめ》な顔で言った。

「そういうもんなのか？」

「そういうものだ。思いがこもれば、どんなモノにもラーテナは宿る」

「じゃあ、こいつはどうだ？」

その拳銃と負けず劣らず、大事に長く使っているジッポー・ライターを見せる。ティラナは鼻を少し動かし、顔をしかめた。

「油くさいだけだ」

「なんだそりゃ……」

「とにかく油断しないことだ。でないとあの子が救い出せない……」

　エレベーターが最上階に近づくにつれ、ティラナの様子が妙になってきた。しきりに首を振り、眉《まゆ》をひそめて耳を押さえている。

「唾《つば》を飲み込め」

「なに?」

「ごくり、ってやるんだよ。耳が治る」

「む……本当だ」

　ティラナは言われたとおりにして、目を丸くした。

「行くぞ」

　エレベーターが最上階につき、扉がゆっくりと開いた。

　銃を構え、用心深く外へ出る。従業員用の殺風景な通路が左右に続いていた。そばの壁にあった見取り図を読む。すこし進んで階段を上れば、すぐ屋上だった。下の階はショールーム。

　そばの館内電話から警備センターに問い合わせる。

『上にいるようです。屋上のヘリポートに……』

「こっちだ」

礼も告げずに受話器を放って走り出す。角を曲がって階段を駆け上がり、屋上への扉を開ける。

「まて」

ティラナが彼のすそをつかんだ。

「わたしから離れるな、ケイ。術師《ミルディータ》の奇襲を察することができるのは、わたしだけだ」

「だがな――」

アルバレスのアパートでの一件を思い出す。あのときはお互い動きがバラバラで足を引っ張り合うばかりだった。今度ばかりは二の轍《てつ》を踏みたくない。

それを察したのか、彼女は言った。

「おまえの不信はわかっている。だが……」

それから彼女は上目遣いに、大きな愛らしい瞳《ひとみ》で彼の顔をのぞきこんだ。続く言葉を口にするのに、いくばくかの勇気をともなっているかのようだった。

「信頼なしに、相棒にはなれないと思うのだが」

相棒。相棒か。

きのうまでなら『相棒？　ふざけるな』とでも言っていたところかもしれない。だがいまは不思議と違和感を覚えなかった。大の男が、こんな子供に頼るなどみっともない……そんな気持ちさえわいてこなかった。

「いいだろう。たのむぞ」

「心得た」

外に出て、階段をさらに駆け上がる。冷たい外気が肌を刺した。

高層ビルの屋上には強い風が吹いていた。味気《あじけ》ない鉄骨とコンクリート。薄闇《うすやみ》の中、ところどころに水銀灯が輝いている。階段の上はヘリポートを囲む通路だ。

黒かった空はかすかに紫がかっていた。すでに夜明けが近いのだ。

三歩ほど階段を上がったところで、いきなりティラナが彼の腕を引いた。

「さがれ！」

マトバは抵抗しなかった。彼女の導くままに、体を傾け、二歩さがる。同時に頭上から青い炎が落ちてきて、目もくらむような火花が散った。ほとんど鼻先をかすめるような距離だった。

「っ！」

網膜《もうまく》に焼きつく強い残像。両目を何度もしばたたかせながら、マトバは頭上めがけて銃口を向けた。

「撃つな、前へ！」

ほっそりとした指が背中を押す。ティラナに従い、発砲はあきらめ前へと走る。二段飛ばしで階段を上へ。一瞬前まで彼らのいた場所に、同様の青い炎が襲いかかった。

「なんだってんだ」

「大声を出すな。奴《やつ》に位置を悟られる。あの男は盲目だ」

ティラナが走りながら、彼の耳に口を寄せささやいた。耳たぶに唇が触れるほどの距離だ。もちろん甘い気分になっている場合ではない。マトバはがむしゃらに前へと走り、屋上の通路に出た。

「奴はどこだ」

「いま捜して——」

衝撃。彼らのすぐそば、真新しいペンキの手すりに炎が当たり、閃光《せんこう》をほとばしらせた。身をすくめ、さらに前へと走り続ける。

「…………っ。気をつけろ。あの炎に当たれば気脈を焼かれる。肺腑《はいふ》が瘴気《しょうき》で満たされ、息ができずにもがき苦しみ——」

「それで溺死《できし》か。くそっ」

二発、三発と炎が襲う。ティラナが直前に警告してくれるおかげで、どうにか直撃を避けている状態だ。マトバたちは身を寄せ合って、歩調を巧妙に切り替えながら、ヘリポートを囲む通路を走った。

「上だ。上にいる……！」

ティラナが頭上のヘリポートを見上げた。そんな見通しのいい場所にあの抜け目のない男がいるのかどうか怪しいものだ。

「確かか？」

「保証はできないが。妖精《フイエル》も上だ」

「ちくしょう」

マトバは悪態《あくたい》をついてヘリポートへの階段へ走った。遅れたティラナの手をつかみ、ほとんどやけくそで前へ進む。細くて冷たく、柔らかい指だった。

ゼラーダの攻撃。

撃たれ放題だ。なんの前触れもなく、空中に生まれては襲いかかってくる青い炎。ティラナの警告でそれらをどうにかしのぎながら、階段を上りきる。

ヘリポートの真ん中にシリンダー付きの機械が放置してあった。

妖精入りの精神爆弾だ。

ゼラーダの姿は見えない。どういう狙《ねら》いなのか、青い炎の攻撃も止《や》んでいた。

「罠《わな》だ」

「だろうけどな。そうも言ってられないぜ」

爆弾に取り付けられた液晶画面が、数字をカウントしているのがここからでも見えた。

《00：03：25》

あと三分二五秒。いま二四秒になった。二三、二二……。

「あの爆弾は時限式だ。もうすぐ爆発する」

「おまえの銃で壊せないのか？」

「だめだ」

険《けわ》しい声で彼は言った。

「ぱっと見た限りでも、あれの基本構造は普通の爆弾と同じに見える。下手《へた》な衝撃を加えたら、一瞬で爆発するはずだ」

妖精に電流やら電波やらを流し込む装置は、すでに活性化していると見ていい。おそらく起爆は瞬間的なものだろう。そういう意味では、あの妖精は非常に燃焼の速いプラスチック爆薬と変わらないのだ。

「では、どうする？」

「手作業で起爆回路を止めるしかない」

「でも、ゼラーダが狙っている……」

「ああ。だが、ほかに手はない。行くぞ。ちゃんと見張ってろ」

マトバとティラナはヘリポートの真ん中に放置してある精神爆弾へと近づいていった。

ゼラーダの攻撃はまだ来ない。それがむしろ不気味だった。

爆破装置を観察する。フレームに取り付けられたむき出しの電子回路。大型のコンデンサー。センサー類。意味のわからない装置もごってりとついている。

「くそっ……」

ちんぷんかんぷんだった。これがただの爆弾なら、マトバの知識でもどうにかなりそうだったが、こいつは地球世界の爆弾とセマーニ世界の魔法装置のハイブリッドだ。作ったのはあのエルバジという男だというが——。

「わかるのか？」

「どうかな。装置の基本は電力のはずだ。回路をバイパスすれば、ごまかしは効くかもしれないが……」

そのとき、どこからともなくゼラーダの声がした。

『なんとまあ、無謀《むぼう》な努力を……』

彼らの一〇歩先、ヘリポートの端《はし》にゼラーダがいた。見まごうはずもない赤の装束《しょうぞく》。膝《ひざ》をついてうずくまり、ほの暗く光る杖《つえ》を抱えて——。

「この野郎……」

『悪いことは申しませぬ。いますぐ回れ右して逃げた方が御身《おんみ》のためですぞ？』

「俺《おれ》は貴様《きさま》みてえなニヤケ面《づら》の邪魔をしてやるのが大好きなんだよ」

『おやおや。できもしないことを……』

「うるせえ！」

この期《ご》に及んで『動くな』も『手をあげろ』もない。マトバは容赦《ようしゃ》なくゼラーダめがけて銃を撃った。頭と肩、わき腹に銃弾が食い込み、魔法使いはたちまち悲鳴を——。

——いや、なにも起きなかった。

マトバが撃った九ミリ弾はゼラーダの体を通り抜け、そのまま背後の手すりとフェンスに当たって火花を散らしただけだった。

『ほら。できなかった』

ゼラーダの虚像《きょぞう》がにたりと笑う。

「な……」

「幻術だ……！　上！」

空中の三か所から炎が生まれ、マトバめがけて同時に殺到してきた。

とっさにティラナを突き飛ばす。それ以上の動作をするゆとりはなかった。一発が地面に当たり、もう一発が彼のコートに大穴を開け、そして最後の一発が——。

「！」

背中の真ん中に重たい衝撃。青い炎をまともに食らったのだ。濃硫酸《のうりゅうさん》かなにかを、バケツ一杯分ほど叩《たた》きつけられたような感覚だった。背中が焼け、すさまじい苦痛が全身を駆け抜ける。

「ケイ！」

マトバは前のめりに倒れた。背中を襲った苦痛がみるみると広がっていく。熱く、冷たいなにかが、彼の気道や肺、心臓を圧倒的な力で鷲《わし》づかみにする。

「がっ……」

『残念でしたな、マトバ様！　また貴方様の負けでございます』

視界の片隅でティラナが身を低くして、周囲を警戒しているのが見えた。魔術師の虚像《きょぞう》がかき消え、数歩離れた場所にふたたび現れ、跳びかかろうと身構えたティラナをあざ笑うかのようにまた消えた。青い炎がティラナを狙《ねら》う。かろうじて飛びのき、彼女がかわす。変幻自在の攻撃を前に、ティラナは手も足も出ない様子だ。

『さてさてお次は……おおっ、デヴォル大公《たいこう》の。これは面白い！』

ゼラーダの哄笑《こうしょう》が聞こえた。

老人の声なのに、まるで子供がはしゃいでいるような笑い方だった。楽しんでいるのだ。

「…………っ」

体が痺《しび》れる。息ができない。

苦悶《くもん》し、身もだえするが、かすれた声さえ出てこない。

自分は溺《おぼ》れている。このまま死ぬのだ。

（くそっ……）

なぜか悔しいとは思わなかった。元から、どこか頭の片隅で、あのゼラーダには勝てない気がしていたのだ。それこそ一〇年前、あの戦争のときから。

ちょうど、こんな未明《みめい》の夜空だった。

ファルバーニ王国南部の湿地帯に作られた多国籍軍の小さな基地。駐留していたのは一個中隊、おおよそ一〇〇人あまり。それが一晩で皆殺しにされた。

兵士の中には『妖精の塵《フェアリー・ダスト》』の常用者が大勢いた。それまでの厳しい戦闘に耐えきれなかったのだ。その常用者たちが一斉に『錯乱して』、基地の戦友たちを射殺しはじめた。ひどい混乱が同士討ちを加速させ、やがて弾薬庫が爆発した。通信も寸断され、誰ひとりとして事態を把握できなかった。生き残った兵士たちは、セマーニ戦士たちの襲撃を受けて次々に殺された。

まだ若かったケイ・マトバ陸士は、何人かの生き残りと共に、燃え上がる基地から逃げ出した。暗闇《くらやみ》の中で一人とはぐれ、もう一人は背中に毒矢を受けて絶命した。肩を貸し引きずっていた戦友は、気付いたら死んでいた。ひとりきりになって、半狂乱で泥《どろ》の中を這《は》いずっていると、目の前に男が現れた。薄暮《はくぼ》の中に浮かぶシルエットしか見ていない。異様に長い腕だった。口元にはあのにやけ笑い。

もう分かっている。あれがゼラーダだったのだ。

あのときの絶望は忘れていない。自分はこれから死ぬのだと、はっきり確信していた。だが男は彼を殺さなかった。ただの気まぐれか、セマーニ人の恐怖を伝える者を生き残らせるつもりだったのか。それは彼にもわからない。魔術師は彼を残して消えたのだ。

けっきょく、あれは執行猶予《しっこうゆうよ》だったのではないか。

いつかはふたたび自分の前に現れ、貸しておいた命を取り立てるのではないか。

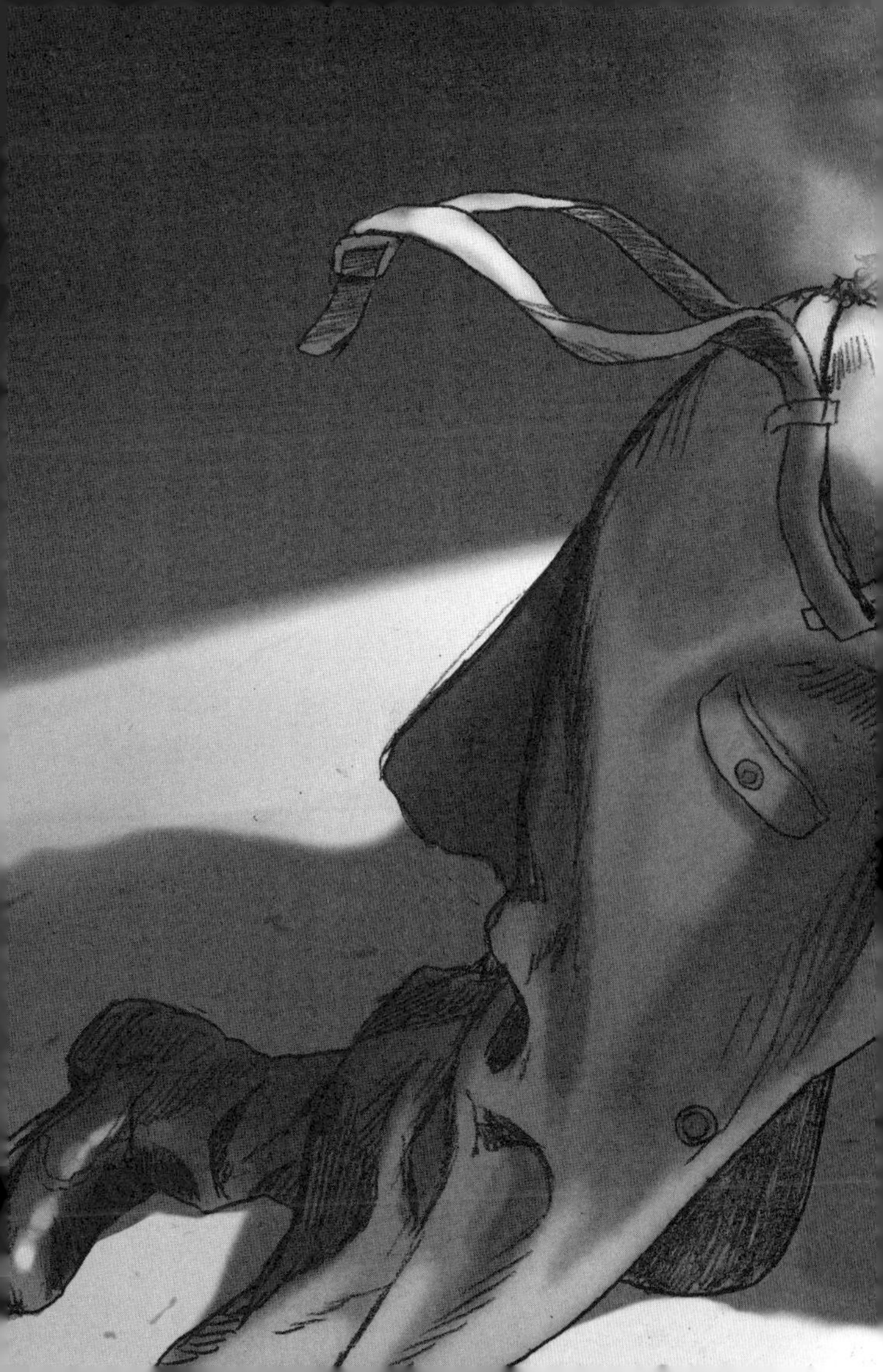

そんな漠然《ばくぜん》とした思いが、いつも彼の脳裏《のうり》にわだかまっていた。何度、悪夢にうなされ、ベッドから飛び起きたか分からない。

その悪夢の瞬間が、いまここで現実になった。これが運命――。

ティラナはまだ戦っている。

必死に逃げ回りながら、敵の姿を捜している。なぜかその動きが、マトバにはやたらとゆっくり見えた。

末期《まつご》の耳鳴りがしてきた。彼女の足音も息遣いも、もう彼の耳には届かない。自分の心臓の鼓動《こどう》さえ聞こえない。わずかに聞こえてくるのは、ヘリポートの屋上を流れていく風の音。そしてその風にはためくマントの音。

（そう、音だ……）

マントの音は。衣擦《きぬず》れの音はどこから来るのか。

痺《しび》れる腕を動かした。銃を握った手が震えながら上がる。

重い。苦しい。

こんなことをして何になるのか。どうせ死ぬのに、馬鹿げている。そう思いながらも、彼の銃口はある一点を目指し続けた。これはただの意地だ。くたばる前に唾《つば》でも吐きかけてやるくらいの、馬鹿げた男の意地だった。

ヘリポートの片隅、なにもない空間に銃口が向く。ほとんどでたらめな狙《ねら》いだった。

（こんなもんか……）

引き金を引こうとした瞬間、銃が自然に、かすかに左に動いた。

その微動《びどう》は引きつった筋肉の反射だったのかもしれない。銃の重さに負けた腕が、意図せず曲がっただけだったのかもしれない。だがそれはまるで、銃自身が『そこじゃない、ちょい左だ』と彼の腕を導いたかのようだった。

発砲。

銃弾がなにもない空間に命中し、ぱっと血しぶきが飛び散った。

ティラナ自身にも、一瞬、なにが起きたのかよく分からなかった。

ゼラーダの炎を受けて死にかけていたはずのマトバが、どうやってか敵の位置を看破《かんぱ》し、そこに銃弾を撃ちこんだのだ。

赤装束《あかしょうぞく》の魔術師が姿を現した。

「なんと——」

喉《のど》から苦しげな声が漏《も》れた。胸を押さえる指の間からは、大量の血が流れ出している。

「いったい、どうやって——」

「っ！」

ティラナは走った。ゼラーダが指先で印を結び、気《ラーテナ》を錬《ね》っている。次の術を使う間を与えてはいけない。一気に間合いを詰め、横薙《よこな》ぎに長剣《クレーゲ》を払う。跳び退《すさ》ろうとしたゼラーダの胴を、彼女の長剣の切っ先が切り裂いた。

大気が震えるような絶叫。魔術師の腹から大量の血液がまき散らされる。

「ほ、おほほほっ……！」

ふわりと跳躍。ゼラーダは背後に立っていた避雷針《ひらいしん》――屋上の突端へと飛びつく。どくどくと血を流しながら、彼はさらなる哄笑《こうしょう》をあげた。

「お見事……！　か、かような傷を負わされたのは、一〇〇と三年ぶりになりますぞ！　……ははっ！　楽しい！　実に、実に楽しい！」

「減らず口を！　覚悟するがよい、化け物め！」

さらに追い討ちをかけようと身構えると、ゼラーダはにんまりと笑った。

「いやいや！　準騎士《バルシュ》どのの剣にかかって果てるのは、マーザニ派術師の名折れにございます！　されば――」

ゼラーダが避雷針から手を放した。

「！」

「冥府《めいふ》にてお待ちしておりますぞ！　は、はははは っ……!!」

ゼラーダの体がまっさかさまに、ビルから落下していった。耳障《みみざわ》りな笑い声が遠ざかっていく。ティラナがヘリポートの手すりから身を乗り出し、眼下を覗《のぞ》きこむ。豆粒のように小さくなった魔術師の体が、地上近くの建物のガラス屋根にぶつかった。

落下の衝撃で大量のガラス片と煙が巻き上げられる。

それきり地上は静かになった。ここからでは確認できなかったが、まず即死は免《まぬが》れないだろう。

(それより……)

ティラナは身をひるがえし、ヘリポートの真ん中で、銃を握ったまま倒れているマトバへと駆け寄った。すぐそばにはカウントダウン中の精神爆弾――。

「ケイ!?」

マトバは死にかけていた。ゼラーダの炎を受けて、生命の気脈を乱され、呼吸も鼓動《こどう》も弱まっている。鍛《きた》え方が違うのか、驚くべき体力で持ちこたえているようだったが、それでもあの警備員たちのように息絶えるのは時間の問題だった。

治療はできない。癒《いや》し手としてのいくつかを学んだこともあるティラナだったが、ここには治療に必要な物品や霊薬――しかるべき触媒《しょくばい》がないのだ。これでは助けられない。

「ゼラーダは倒した。しっかりしろ……!」

ほかに言葉も見つからず、ティラナは言った。

「………」

マトバが彼女を見上げ、口を動かした。声が出ないのだ。彼の唇は『爆弾《ボム》』と言っていた。

震える指先が爆弾を指さす。

「爆弾を止めろというのか？」

「………」

彼は首を振った。力を振り絞るように、今度は『逃げろ』と唇を動かした。液晶の表示は、あと五〇秒もない。ティラナの知識で止めるのは無理だった。

もう間に合わないのだ。

ティラナはわずかに逡巡《しゅんじゅん》してから、ふっと肩の息を抜いた。

「いや。逃げるのも間に合わない。それに……」

爆弾の中の妖精《フィエル》を見る。

「どうせ命は捨てたつもりだったのだ。最後はこの子と一緒にいようと思う」

「………」

「感謝するがいい。おまえのような野暮《やぼ》でがさつでイヤミな男と心中してやるのだからな」

マトバが朦朧《もうろう》としながらも、いやそうに顔をゆがめた。口が利けるのなら『勘弁してくれ』とでも言っているところなのだろう。

ティラナは爆弾に手を伸ばし、指先でシリンダーにそっと触れた。強化ガラスの中の妖精《フィエル》に、やさしい声で語りかける。

「フィーエ・レアーヤ・シー……」

妖精《フィエル》の名前はレアーヤ。

かわいいレアーヤ。約束通り、わたしはちゃんと助けにきたよ。

ずっと昔、森で迷って泣いていたわたしを、おまえは助け、導いてくれた。楽しいダンスも見せてくれたし、おなかがすいたら木の実を集めてきてくれた。森から帰るとき、わたしはおまえと約束したね。これからもずっと友達だと。困ったときや、ひとりぼっちのときは、きっと助けあうんだと。

いとしいレアーヤ。

森に連れ帰ってあげることは、もうできそうにないけど、わたしはちゃんとここにきたよ。おまえをひとりにはしなかった。だから、レアーヤ。こわがらないで、一緒にいましょう。わたしとおまえは、どこに行ってもずっと友達だから。

液晶画面のカウンターが五秒を切った。

シリンダーの中でレアーヤが微笑《ほほえ》んだ。

ゼロ。

起爆回路が作動した。

くたばったときなんてのは、案外こういうものかもしれないな、とマトバは思っていた。

もはや苦痛も苦悶《くもん》もない。

闇《やみ》は去り、大気は澄み、空はどこまでも美しい。

空気がうまかった。腹が減った。それから無性《むしょう》に煙草《タバコ》が吸いたかった。

ロスに撃たれた左肩がずきりと痛んだ。

「……っ」

自分はどうやら生きているらしい。重たげに身を起こしてから、ようやく彼は理解した。

まだヘリポートの上だ。夜が明け、朝日があたりを照らしている。そばにはティラナが膝《ひざ》をつき、静かな瞳《ひとみ》でこちらを見下ろしていた。

「どうなってる……？」

声を出してから、マトバは大きく咳《せ》き込んだ。はげしく喘《あえ》いでいたせいで、喉《のど》がからからだったのだ。

「癒《いや》しのわざを使った」

ティラナが言った。

「毒の炎に侵されたおまえを癒すには、貴重な霊薬が必要だった。高い気《ラーテナ》を宿した霊薬が。だがあいにくわたしは、そんな霊薬など持ち合わせていなかった。おまえは本来なら、あのまま死ぬはずだったのだ」

じゃあ、その霊薬とやらはどこから手に入れたのだ？

マトバの疑問を察したのだろう。彼女は背後に転がる精神爆弾を一瞥《いちべつ》した。

「あの子の遺骸《いがい》を使った」

爆弾のシリンダーが真っ二つに割れていた。妖精の姿はない。ただ、焼け焦《こ》げた強化ガラスの隙間《すきま》から、金色の粉末がさらさらとこぼれ落ちているだけだった。見たところ、起爆装置は作動した様子だ。いくつかの電子部品が焼きついている。

「妖精は死んだのか……?」

「そうだ」

ティラナは立ち上がり、彼に背を向けた。その肩が、声が、小刻みに震えていた。

「その爆弾に使われた触媒《しょくばい》は、生きた精霊を使って人に害を為《な》すように作られていた。あの子にはそれが分かっていたらしい」

「………」

「わたしを助けるために、あの子は自《みずか》ら命を絶ったのだ」

ヘリポートに強い風が吹いた。

精霊の遺骸——金色の塵《ちり》がたちまち舞い散り、まばゆい朝焼けの中に、きらきらと輝き消えていった。

エピローグ

ゼラーダの遺体は発見されなかった。

地元の警官が墜落《ついらく》現場に駆けつけたときには、すでに跡形《あとかた》もなくなっていたという。大量の血痕《けっこん》は残っており、それはヘリポートで採取された血液と一致していたが、ゼラーダの遺体をだれが運んだのか――あるいは彼が本当に死んでいたのか――その真相は分からないままだった。

エルバジと精神爆弾については、本来の危険性、本来の罪を立証することは難しそうだった。エルバジはあくまで誘拐《ゆうかい》と死体損壊、ティラナに対する殺人未遂を犯しただけになる。いまの法律と判例では、『妖精を使った精神爆弾』などといった代物《しろもの》には対応できないのだ。

エルバジから爆弾を買おうとして拘束《こうそく》されていたテロリストのカリームは、例によって横から出てきたFBIが、身柄《みがら》をかっさらっていった。

ジャック・ロスの件について、マトバは正確な報告を書くしかなかった。

ロスの裏切りはだれにも知らせず、ゼラーダに撃たれて殉職《じゅんしょく》したことで終わらせたかったが、記録に残っている様々な状況証拠《しょうこ》が、それを彼に許さなかった。なによりも、ロスはマトバの銃で死んだのだ。内務監査部の取り調べでは、うんざりするような証言を繰り返すことになるだろう。

事後処理や細々《こまごま》とした手続きがひとまず済んだのは、ヘリポートでの戦いから四日後のことだった。ティラナはその間、ほとんど無駄口を叩《たた》かずに過ごしていた。マトバの目からも、彼女はひどく疲れ、打ちひしがれているように見えた。

あの妖精を救えなかったことがよほどこたえたのだろう。

そうしているうちに、ティラナが帰る日になった。

来たときと逆のルートだ。朝早く、沿岸警備隊の〈ゴールデン・ハート〉が待つ埠頭《ふとう》へと、マトバは彼女を乗せて車を走らせた。剣を腰に帯びたまま乗り込もうとして、まごついたりはしなくなっていた。

車内ではこれといった会話もなかった。

「ここまででいい」

出航まぎわの警備艇のそばまで来ると、彼女は言った。

「そうか」

「ケイ・マトバ。いろいろと世話になった。礼をいうぞ」

ごく平板《へいばん》な声。感傷的な様子など微塵《みじん》も見せない。

それはそれでありがたいことだった。ウェットな別れはどうも苦手だ。

「妖精《フィエル》は救えなかったし、わたしはこうして生き恥をさらしているが、ドリーニにもまともな戦士がいることは分かった。それだけでもここに来た価値はあったと思う」

「いや、まあ、なんだ。……こっちこそ世話になった。命の恩人だしな」

後頭部をくしゃくしゃとかきながら、マトバは言った。

「それはわたしも同じことだ」

「じゃあ、貸し借りなしってことだな。安心したよ」

マトバは笑ったが、ティラナは笑わなかった。最初に出会ったときのように、むすっとぶっきらぼうな顔をしている。

どうやら、強《し》いて感情を押し殺しているとき、こいつはこういう顔になるらしい——。

マトバはようやく分かってきた。

たぶん、最初に会ったときも不安だったのだろう。

「おっと。忘れ物があるぜ」

マトバはポケットから銀色のブローチを取り出した。イダロ銀にはめこまれた、シェイネン石。ティラナがオニールに報酬《ほうしゅう》として渡した品だった。昨夜のうちにオニールを締め上げて、わざわざ取り返してきたのだ。

「下品な服を用意してクラブに案内させるだけのギャラには、ちょっと高すぎるからな。奴《やつ》には俺《おれ》からバーボン一本で納得させといたよ」

ふたたびそのブローチを見ることはないと思っていたのだろう。彼女は軽く息を呑《の》み、胸を締め付けられたような、せつなげな目でそれを見つめた。

「ありがとう。……でも、それは受け取れない」

「なぜ?」

「わたしのけじめだ。それはおまえが持っていてくれ」

「そうか……」

ティラナがそう言うのなら、翻意《ほんい》させるのは無理そうだった。

「わかった。預かっておこう」

「それから、これもだ」

ティラナは腰に下げていた長剣を鞘《さや》ごと外し、マトバに押し付けた。

「おい、こいつは——」

「一度託した長剣《クレーゲ》だ。本来、わたしが持っていていいものではない」

「だが——」

「いいのだ。頼む」

幼いながらも憂《うれ》いを秘めたほほえみ。哀しげな瞳《ひとみ》。マトバは目の前の少女が何歳なのか、本当にわからなくなってしまった。

無言で剣を受け取る。

出航の合図が鳴った。

「ではさらばだ。いと強きドリーニの戦士よ」

ティラナは身をひるがえし、白く優雅なファルバーニ様式の袖《そで》をはためかせ、船へのタラップを上っていった。

彼女は一度も振り返ろうとはしなかった。甲板《かんぱん》の向こうにその背中が消える。警備艇がゆっくりと埠頭《ふとう》を離れ、そのまま彼から遠ざかっていった。


マトバは一人で本部に帰った。

どっさりと残っている書類仕事と格闘し、同僚や本部長、監査官や検事とあれこれ言い合い、その合間を見てホットドッグをぱくつき、また監査官と口論して――。

気がつけば、あっという間に忙しい日常に戻っていた。

彼が進めていたのは、なにも妖精の件だけではない。ほかにもセマーニ人がらみの武器密輸やら、コカインのディーラーの摘発やら、売春グループの内偵やら、同時進行の仕事が山ほどある。ロスがいなくなったせいで、正式な新しい主任が来るまでの間、マトバの負担もごっそりと増えた。トニーもほかの同僚たちも、落ち込んでいるような時間はほとんどなかった。救いといえば救いだったろう。

夜もずいぶんと遅くなって、やっとその日の仕事から解放され、いつものファミレスで遅い夕食をとった。

たいしてうまくもないハンバーグ・ステーキを平らげて、新聞を斜め読みしてから、ふと座席にたてかけてあった長剣を見る。車の中に置き去りにするのは気が引けて、わざわざ持ち歩いていたのだ。

あいつはこの剣を託していった。

つまり、セマーニ騎士が言うところの棄剣《きけん》とやらを重んじてのことだ。棄剣した騎士が生きて帰った場合は、自害によって面目《めんぼく》を保つという。少なくとも、ウィキペディアにはそうあった。

あいつも国に帰ってから、自害するつもりなのだろうか?

まさか、そこまでは——と、いままでは軽く考えていた。だがセマーニ人の常識は違うのかもしれない。自分はこの剣を受け取るべきではなかったのではないか。

馬鹿なことはやめろと言う機会も、もはやない。

仕事疲れと共に、陰鬱《いんうつ》な気分が一気に彼の肩にのしかかってきた。

暗い顔で車を走らせ、自宅へと帰る。

やはり止めるべきだった。自害なんて。そこまでしなきゃならないような罪を、あいつはなにも犯していないのに。もうすこし事情を聞いてやるべきだったんじゃないのか。なにか相談に乗れたかもしれない。それを俺《おれ》は鈍感にも——。

「帰ったぞ……」

いつもどおりマスクを着けてから部屋に入り、猫のクロイを呼んだ。

なぜかクロイはやって来なかった。リビングの奥から、にゃーおと鳴くだけだった。

異変はそれだけではない。部屋の明かりが点《つ》いている。テレビがつけっぱなしになっているらしく、スポーツ中継の音が聞こえてくる。部屋の暖房もきいていた。

「…………?」

本能的に拳銃《けんじゅう》を抜いて、ゆっくりとリビングに入っていく。

「うご――」

動くな、と言いかけてあっけにとられる。

ティラナ・エクセディリカがソファーにのんびりと寝そべり、クロイを抱いてテレビを観《み》ていた。

「んむ?」

と、ティラナが言った。

「んむ、じゃねえ。なんだこれは?」

「バスケットボールだ。ルールは知らんが」

「テレビのことじゃない。おまえだ、おまえ!」

ティラナは眉《まゆ》をひそめた。

「わたしが、どうかしたのか?」

「今朝、港で見送っただろうが！　なんでおまえがここにいる!?」

「ああ」

ティラナはそっけなく言って立ち上がった。

「気が変わったのだ。戻ってきた」

「なんだそれは？　俺《おれ》にこの剣を預けて、国に帰って報告してから自害するとか、そういうつもりじゃなかったのか!?」

「だから、気が変わったのだと言っている」

ティラナはずけずけと歩み寄ってくると、彼の手から長剣をむしりとり、ほっとしたようにため息をついた。

「考えてみたら、棄剣《きけん》には特に期間が定められていなかった。なにも慌てて国に帰って、あれこれと死に急ぐこともないと思ったのだ」

「そんなもんなのかよ」

フリー百科事典に書いてあったことと違うではないか。

……いや。まあ、あのネット事典は無料の有志が編纂《へんさん》しているので、間違いが多いことでも有名なのだが。

「何事も心がけ次第だ。ゼラーダは生死不明だし、この街には悪党が山ほどいる。わたしに出来ることもあるだろうしな。ブローチはけじめだ。持っていろ」

あきれるマトバを尻目《しりめ》に、彼女はふたたびソファーに寝そべった。さえずるような声でクロイを呼ぶと、黒猫はそそくさと彼女の腕の中に戻った。

完全にマトバよりもなついている。

「そういうわけで、当分ここに厄介《やっかい》になるぞ」

「なんだと?」

「安心しろ。仕事も決まったから」

そう言って彼女は一枚の書類を差し出した。市警本部長のサイン入りで、ティラナを特別風紀班の特別捜査官として採用するという趣旨《しゅし》の内容だった。

「いつのまに」

「夕方だ。ロスの件で弱みがありそうだったしな。頼んだらあっさり作成してもらえた。以上、報告おわり」

ティラナはクロイを撫《な》でてから、神妙な顔でマトバを見つめた。

「ほかに質問はあるか、相棒《バートナー》?」

「まったく、なにがなにやら……」

頭をくしゃくしゃとかいてから、マトバはうめいた。

まあ、いいだろう。数か月後に『あの女は自害した』とか聞かされたら、きっと朝飯がまずくなる。

朝飯がまずくなるよりは、この方がすこしはマシというものだ。

「明日も早いぞ。さっさと寝ろ」

彼の返事を聞いて、ティラナはやっと微笑《ほほえ》んだ。

「わかった。おやすみ、ケイ」

「へいへい。おやすみ、ティラナ」

ぶっきらぼうに告げてから、マトバは自分の聖域——野良《のら》猫の類《たぐ》いは絶対不可侵のベッドルームにさっさと引っ込んだ。

〔了〕

訳者あとがき

本書『コップ・クラフト（原題“DRAGNET MIRAGE”）』は、二〇〇六年一月からアメリカのケーブル局ECMで放映された連続ドラマシリーズのノベライズ版である。魔法世界の影響を受けた架空の都市サンテレサと、そこで起きる様々な事件に立ち向かう刑事と騎士のストーリーは好評を博し、現在は第三シーズンが制作中である。

硬骨の刑事ケイ・マトバを演じるのは、日系三世の演技派ジャック・ホータカ。マトバとコンビを組む魔法世界セマーニの女騎士ティラナを演じるのは、子役時代から高い実力を評価されてきたイリーナ・フユージィ。いずれもアクション作品での出演経験は少ないが、その魅力を存分に発揮してくれているようだ。

本書のエピソード『Quixotic（邦題：『美しき女騎士！　とらわれの妖精を追え！』）はアメリカで最初に放映されたパイロット版の二時間スペシャルを元にしており、マトバとティラナのコンビ結成に至るまでの事件を描いている（第二話以降は通常の五〇分枠）。ちなみに「quixotic」という耳慣れない単語は「ドン・キ・ホーテ的」あるいは「理想主義的な、猪突《ちよとつ》猛進《もうしん》な」といった意味合いである。アナクロで融通《ゆうずう》の利かない騎士ティラナと、任務のためなら危険をいとわない刑事マトバの関係を暗に示しているのだろう。

なお、放映エピソードと本書ノベライズ版には当然ながらストーリーに若干の差異がある。序盤でティラナが乗ってくるセマーニ世界の帆船は、ドラマの方には登場していない（おそらくは予算の関係上かと思われる）。またティラナによる犯罪者の斬殺《ざんさつ》シーンなどは、放送倫理上の問題からか、よりオブラートのかかった形で表現されている。マトバの自宅の設定や、愛猫クロイの足の障害なども本編とは異なっており、ティラナの年齢も未成年ではなく二〇代とされているようだ。

二〇〇九年一〇月現在、日本では『魔導刑事ドラグネット・ミラージュ』のタイトルで第一シーズンまで放映されている（吹き替え版）。すでに第二シーズンの日本放映も予定されており、早ければ二〇〇九年冬から各局でスタートするはずである。

参考までに、第一シーズン全一九話の各エピソードを列記しておく。

話数	邦題	原題
＃1	美しき女騎士！　とらわれの妖精を追え！	Quixotic (PILOT)
＃2	緊急指令！　ミラージュ特捜班出動せよ！	First Night
＃3	裏切りの挽歌《ばんか》！　凶悪マフィア沈黙の掟《おきて》！	The Untouchables
＃4	死のカーチェイス	Need For Speed
＃5	孤独な運び屋	Smuggler's Blues

#6　決死の潜入！　破壊兵器の密輸を阻止《そし》せよ！　Mass Game
#7　護衛命令！　見ざる聞かざる目撃者!?　Nobody's Listening
#8　過去からの亡霊！　戦場に消えた惨劇の疑惑！　Memories Of Green
#9　危険な罠《わな》！　大病院をむしばむ悪の魔手！　Nurse Call
#10　いつわりの秘剣！　老騎士の流した涙！　A Knight's Tale
#11　逆転裁判！　闇《やみ》からの暗殺者を迎え討て！　Keep Talking Alone
#12　（欠番）　Sum of All Fears
#13　被害続出!?　インチキ牧師のドッキリ騒動！　Cool Runnin'
#14　湯けむり旅情!?　秘湯に眠るお宝をのぞけ！　Klansman
#15　美少女の甘い誘惑！　渡る世間は鬼ばかり!?　The Sweetest Illusion
#16　遠い追憶！　異世界からのタイムカプセル！　Message In A Bottle
#17　宿敵再び！　エルバジ一家・血の復讐《ふくしゅう》！（前編）　Somewhere I Belong 1
#18　宿敵再び！　エルバジ一家・血の復讐！（後編）　Somewhere I Belong 2
#19　盗聴指令！　街を牛耳《ぎゅうじ》る巨悪を暴け！　Dust My Broom

正直、一三〜一五話あたりの邦題などはいかがなものかと思うのだが（特に一四話は西カリアエナ郡警察の人種差別問題をテーマにした重厚《じゅうこう》なエピソードだった）、この前後は番組が視聴率的に苦戦していた時期だったため、日本語版スタッフとしても苦肉《くにく》の策だったのだろう。本来は、すべて四〜五話のようなシンプルな邦題にしたかったのだとお察しする次第である。ちなみに一三話はマトバとティラナの関係が急接近するエピソードで、アメリカ本国でも女性層からの人気が高いそうだ。

また、吹き替え版に登場する『魔導刑事』や『ミラージュ特捜班』といった言葉は、日本語版におけるオリジナル用語である。原語版の劇中では、マトバたちの所属部署は『Special Vice Squad』（特別風紀班）と呼ばれている。麻薬、武器密売、売春などの犯罪を摘発するためのセクションであり、現実にアメリカの各警察には類似した部署が存在している。八〇年代の人気刑事ドラマ『マイアミ・バイス』の舞台も同じ種類の捜査チームである。本ノベライズ版日本語訳では、原語版に忠実な表現として、こちらの『特別風紀班』を採用させていただいた。

本シリーズは今後も継続して発刊していく予定である。マトバとティラナの活躍と、次第に変化していく二人の微妙な距離を楽しみにしていただけたらと思う次第だ。

二〇〇九年一〇月　賀東招二

追記：

ごめんなさい、噓《うそ》です。こんなドラマは実在しません。でも、こういうノリの海外刑事ドラマを見ている気分で普通に楽しんでいただけたら、と思っております。

コンビ結成の時点でギスギスするのはこの手のドラマの常ですが、これからこそこの二人、マトバとティラナの小気味いいやり取りが始まります。仲がいいんだか悪いんだか、よくわからない二人の活躍を楽しんでいただければさいわいです。二巻以降も魅力的な人物が出てくると思いますよ！

……まあ、ゲイの同僚とか黒人のおっさんとかですが。

でもご希望が多ければ、ティラナの妹だとかがマトバの家に押しかけてきて、もう大変！みたいな方向性も……いや、どうしてもっていうならやりますが（目線をそらしながら）。

次のお話からは洋ドラっぽく、ひとつの巻に複数のエピソードが収録される形になるかと思います。シリアスなドラマ、コミカルなアクション、泣けるいい話や、ものすごく後味の悪いエピソードなど、バリエーション豊かにいろいろとお届けしたいと思っております。なにとぞ今後ともよろしくお願いいたします。

本書の出版にあたって、イラストレーターの村田蓮爾氏、担当編集の望月氏には大変なお力添えをいただきました。この場を借りて御礼申し上げます。

追記（旧版をご存じの方々へ）：

本書『コップ・クラフト DRAGNET MIRAGE RELOADED』は竹書房ゼータ文庫から出版された拙著《せっちょ》『ドラグネット・ミラージュ』をリニューアルしたものです。ゼータ文庫は残念ながら実質停止してしまった状態なのですが、作者としても気にいっているシリーズでして、今回ガガガ文庫編集部様のご厚意で、形を変えてリリースさせていただくことになりました。それなりに売れてくれれば（汗）、二巻『一〇万ドルの恋人』の後からシリーズの新作をお届けできるのではないかと思います。

大きな変更部分はティラナのイメージです。旧版のティラナも魅力的だったのですが、リニューアルにあたっての入念なリサーチ（？）の結果、年齢を下げてちょっとマイルドなテイストを入れてみることになりました。基本路線は変わらないので、新ティラナもかわいがっていただけたらと思います。

もともとの『ドラグネット』の生みの親、旧版の担当編集者である竹書房の大澤氏、藤井氏、そしてなによりイラストレーターの篠房六郎氏にはあらためて御礼申し上げます。どうにかこうにか、マトバとティラナの物語はこれからも続けていきたいと思っております。温かく見守ってください。

……ではでは。

…And to be continued!

photo : Hanta Arita
design : Mikiyo Kobayashi + BayBridgeStudio

GAGAGAGAGAGAGAGAGAG

リビングデッド・ファスナー・ロック

著／瑞《みず》智《ち》士《し》記《き》

イラスト／安《あ》倍《べ》吉俊《よしとし》
定価 700 円（税込）

腹部にファスナーを埋め込まれ、着ぐるみが如く加工された死体が発見された事件から、全ては始まった。決して死ぬことのない呪われた種族に伝わる術と、同じく不死の少女の壮絶なる闘い。新感覚アクション・ホラー！

月刊サンデーGX ジェネックス にて 大好評連載中!!
毎月19日発売
貴方《アナタ》好みのバイオレンス、あげる。
武器の売買を生業とするビジネスウーマン
ココ・ヘクマティアル。
吹き荒れる戦火、容赦なき暴力の世界を
彼女は最精鋭の私兵を率いて闊歩する――。
累計100万部突破!!
ヨルムンガンド 7 高橋慶太郎
最新コミックス第7集
定価560円(税込)
[ヨルムンガンド]
高橋慶太郎
血と硝煙でむせ返る犯罪都市ロアナプラ。
2挺拳銃《トゥーハンド》レヴィらと共に
運び屋稼業を営む元商社マンのロックは
いつしか名うての悪党へ変貌していく――。
累計450万部突破!!
BLACK LAGOON ブラック・ラグーン 広江礼威 09
ノベライズ第2弾企画進行中!!
最新コミックス第9集
定価620円(税込)
[ブラック・ラグーン]
広江礼威
超大ヒット発売中!!

ガガガ文庫11月刊

あやかしがたり 2

著／渡《わたり》 航《わたる》

イラスト／夏目《なつめ》義徳《よしのり》

江戸に向かう新之助、ふくろう、ましろ、くろえ。一行の前に、謎の術をあやつる隠密部隊が襲いかかる。第3回ライトノベル大賞・大賞受賞作、待望の第2弾!

ISBN978-4-09-451169-7（ガわ3-2） 定価630円（税込）

えくそしすた!

著／三上《みかみ》康明《やすあき》

イラスト／水沢《みずさわ》深森《みもり》

吸血鬼ってことを隠して学園に通うぼく。だけど何も知らないあかりちゃんは、ぼくを主役にエクソシスト映画を撮ろうと言う。十字架でぐげげ!!

ISBN978-4-09-451171-0（ガみ2-9） 定価600円（税込）

君が僕を 2 私のどこが好き?

著／中里《なかざと》 十《みつる》

イラスト／山田《やまだ》あこ

商店街の神様"恵まれさん"は同じクラスの女の子。ある日を境に、女同士なのにつきあってるっぽい彼女と私。そこへ、空気を読まない女が割り込んできた!

ISBN978-4-09-451170-3（ガな4-4） 定価600円（税込）

コップクラフト －DRAGNET MIRAGE RELOADED－

著／賀東《がとう》招二《しょうじ》

イラスト／村田《むらた》蓮爾《れんじ》

謎の異次元世界と繋がってしまった混沌都市で、異世界美少女と日本人刑事が繰り広げるポリスアクション! ライトノベル界No.1の巨匠がガガガ文庫に登場!

ISBN978-4-09-451172-7（ガか7-1） 定価630円（税込）

スプリング・タイム

著／蕪木《ぶぎ》統文《とうもん》

イラスト／オサム

「ミトベショウタくん!」高校生の自分の名前を呼ぶ三輪車に乗った少年。彼は10年前の姿のままで現れたかつての友達。記憶を辿る尚太に、迫る感傷……。

ISBN978-4-09-451173-4（ガぶ3-1） 定価600円（税込）

曲矢さんのエア彼氏② 木村くんの裏設定

著／中村《なかむら》九郎《くろう》

イラスト／うき

杏子が監禁された! そよ子の中に! なんだそりゃ? そよ子は、自分が杏子だと言い張る。曲矢は杏子を誘拐してそよ子の中に監禁したって言う。……誰か助けて!

ISBN978-4-09-451174-1（ガな1-4） 定価620円（税込）

GAGAGA
ガガガ文庫

コップクラフト
DRAGNET MIRAGE RELOADED

賀東招二

発行　2009年11月23日　初版第1刷発行

発行人　辻本吉昭

編集責任　野村敦司

編集　望月 充

発行所　株式会社小学館
〒101-8001 東京都千代田区一ツ橋2-3-1
[編集]03-3230-9343 [販売]03-5281-3556

カバー印刷　株式会社美松堂

印刷・製本　図書印刷株式会社

Printed in Japan ISBN978-4-09-451172-7

第5回小学館ライトノベル大賞
ガガガ文庫部門応募要項!!!!!!

ゲスト審査員は麻枝准［Key／株式会社ビジュアルアーツ］先生

ガガガ大賞：200万円＆応募作品での文庫デビュー

ガガガ賞：100万円＆デビュー確約

優秀賞：50万円＆デビュー確約

選考委員特別賞：30万円＆応募作品での文庫デビュー

第一次審査通過者全員に、評価シート＆寸評をお送りします

内容 ビジュアルが付くことを意識した、エンターテインメント小説であること。ファンタジー、ミステリー、恋愛、ＳＦなどジャンルは不問。商業的に未発表作品であること。
（同人誌や営利目的でない個人のWEB上での作品掲載は可。その場合は同人誌名またはサイト名を明記のこと）

選考 ガガガ文庫編集部＋ガガガ文庫部門ゲスト審査員・麻枝准

資格 プロ・アマ・年齢不問

原稿枚数 ワープロ原稿の規定書式【１枚に41字×34行、縦書きで印刷のこと】は、70～150枚。手書き原稿の規定書式【400字詰め原稿用紙】の場合は、200～450枚程度。
※ワープロ規定書式と手書き原稿用紙の文字数に誤差がありますこと、ご了承ください。

応募方法 次の3点を番号順に重ね合わせ、右上をひも、クリップ等で綴じて送ってください。
① 応募部門、作品タイトル、原稿枚数、郵便番号、住所、氏名（本名、ペンネーム使用の場合はペンネームも併記）、年齢、略歴、電話番号の順に明記した紙
② 800字以内であらすじ
③ 応募作品（必ずページ順に番号をふること）

締め切り 2010年9月末日（当日消印有効）

発表 2011年3月発売のガガガ文庫、及びガガガ文庫公式WEBサイトGAGAGAWIREにて

応募先 〒101-8001 東京都千代田区一ツ橋 2-3-1
小学館コミック編集局 ライトノベル大賞【ガガガ文庫】係

注意 ○応募作品は返却致しません。○選考に関するお問い合わせには応じられません。○二重投稿作品はいっさい受け付けません。○受賞作品の出版権及び映像化、コミック化、ゲーム化などの二次使用権はすべて小学館に帰属します。別途、規定の印税をお支払いいたします。○応募された方の個人情報は、本大賞以外の目的に利用することはありません。○応募された方には、原則として受領はがきを送付させていただきます。なお、何らかの事情で受領はがきが不要な場合は応募原稿に添付した一枚目の紙に朱書で『返信不要』とご明記いただけますようお願いいたします。○作品を複数応募する場合は、一作品ごとに別々の封筒に入れてご応募ください。